U0644946

紫罗兰盦序跋文

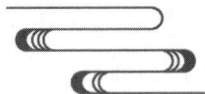

周瘦鹃 著

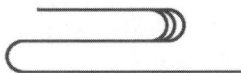

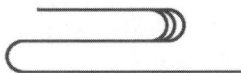

广陵书社

一生低首紫罗兰　周瘦鹃 文集

图书在版编目（ＣＩＰ）数据

紫罗兰盦序跋文 / 周瘦鹃著. -- 扬州：广陵书社，
2020.3
（一生低首紫罗兰：周瘦鹃文集 / 陈武主编）
ISBN 978-7-5554-1371-4

Ⅰ. ①紫… Ⅱ. ①周… Ⅲ. ①序跋－作品集－中国－
当代 Ⅳ. ①I267

中国版本图书馆CIP数据核字(2019)第293358号

书　　名	紫罗兰盦序跋文	丛 书 名	一生低首紫罗兰——周瘦鹃文集
著　　者	周瘦鹃	丛书主编	陈　武
责任编辑	胡　珍	特约编辑	罗路晗
出 版 人	曾学文	封面设计	琥珀视觉

出版发行 广陵书社

　　　　　扬州市维扬路 349 号　　　　　邮编：225009
　　　　　(0514)85228081(总编办)　　85228088(发行部)
　　　　　http://www.yzglpub.com　　E-mail:yzglss@163.com

印　　刷 北京中华儿女印刷厂

开　　本	787mm×1092mm　　1/32
字　　数	110 千字
印　　张	6.75
版　　次	2020 年 3 月第 1 版
印　　次	2020 年 3 月第 1 次印刷
书　　号	ISBN 978-7-5554-1371-4
定　　价	45.00 元

目录

写在紫罗兰前头（一）

　　娟娟紫罗兰，幽居万木阴，岭上梅花好，同此岁寒心。

　　娟娟紫罗兰，尘寰历劫还，相思苦无益，红泪湿青山。

　　娟娟紫罗兰，朝朝带笑看，种我灵台上，与尔结古欢。

　　娟娟紫罗兰，悠悠系我思，颠倒终为汝，情深不讳痴。

　　江南秋老，东篱的黄花已残了，这正是"餐秋菊之落英"的时候。香雪园石阶下一盆从苏州故园中移植而来的紫罗兰，却在圆圆的绿叶中间，开放着四五朵紫色的小花，在秋阳下微微地散发出甜蜜的妙香，似乎来安慰一个孤鸿般的寂寞之人。

　　紫罗兰盦主人独坐长廊之下，遥望着这一盆紫罗兰，不断地发着遐想。他的一颗心好像游丝般飘呀飘的，飘过了长江万里，直飘到蜀道巫峡之间。因为有一位象征这紫罗兰的人儿，正离乡背井，托迹在那里，勇敢地和生活奋斗着，不知何年何月，方可重见故乡云树？更不知何年何月，方可重和自己握手言欢？正在这样想着，想着，简直想出了神。

　　忽的足音跫然，从门外闯进一长一短两位绅士来，那长的是旧友孙芹阶先生，一位却是素昧平生，而满现着精明干练的神情。我定一定神，疾忙站起身来招待，肃客入座。经孙先生介绍之下，才知那一位是银都广告公司总经理林振浚先生。

彼此寒暄了一番，由孙先生说明来意，林先生是广告界的权威，而平日爱好文艺，为了发扬都市文化起见，想创办一种月刊，只因谬采虚声，愿以编辑事宜全权相托。并因过去对于十余年前我所主办的《紫罗兰》半月刊，留着极深刻的印象，所以打算仍然定名紫罗兰。我一听这话，顿时兴奋起来，也并不考虑到此时办杂志是否相宜，也忘却了一年来自己从事老圃生活，早和文化界绝缘，竟兴高采烈地满口答允下来。我这时的心头眼底，仿佛见文艺的园地里，已涌现了一丛鲜艳馥郁的紫罗兰，正如石阶下那盆迎风欲笑的紫罗兰一样。

第二天我奔走了好半天，到大众社访钱须弥先生，又到万象书屋访平襟亚先生，探问一切，听了他们说起开支的浩大，先就气馁了一半。末了再到某印刷所去，把我所计画的《紫罗兰》，请他们作精密的估价，不料白报纸的价格已飞涨得使人不敢相信，而其他排印装订等费，也已涨起了有六成光景，一张估价单开出来，更把我吓得倒躲倒躲。不管三七二十一，且把它向孙先生处一送，请他转致林先生。一连三星期，眼见得纸价日涨夜大，简直是竿头直上似的，我更不敢向孙、林二先生催问一声，料知这文艺园地里的一丛紫罗兰，是再也开不出来的了。

谁知过不了三天，孙先生忽地来一个电话，说林先生明天奉约上银行俱乐部去吃中饭，大家谈谈紫罗兰的事，我将信将疑地答允了。第二天中午，我又将信将疑地赶往银行俱乐部去，以为物力维艰，林先生未必有这办杂志的勇气吧。到了那里，见林、孙二先生和另外两位客都已在座，经过了介绍，才知一位是林先生的介弟振商先生，一位是林先生的同事卢少轩先生，也是广告界两员能征惯战的骁将。

林先生不待我开口动问，先就把一份双方合作的草约和一本空白的杂志样本，献宝似的献了过来，并且连封面上的一丛紫罗兰也画好了，紫的花，绿的叶，红的字，生香活色的，似乎在对着我笑。我不觉愣了一愣，将信将疑地问道："怎么说！难道你真的要办紫罗兰么？"林先生打着一口福建音的上海白，毅然答道："当然要办，为什么不办？"我忙道："在这纸价飞涨、工价激增的当儿，我的勇气已打了倒七折，难道你倒有这十足的勇气么？"林先生笑道："怎么不是！人家可以办下去，我们为甚么不能办？好在我这里有左辅右弼，分头出马，对于广告发行等事，都有相当把握。只要你肯撑起铁肩，独挑这副编辑的重担，那就再好没有，别的倒不用你担心。"我听了这样切实的话，立时放下了一大半心，欣然答道："既有你们三剑客同心协力，我的勇气也就来了。好！我们合伙儿来干，干，埋头苦干！"孙先生也在一旁打边鼓，把乐观的话鼓励着我，倒像反串了一下桴鼓助战的梁红玉。

于是经过了两个月来大家合伙儿的干，干，埋头苦干，这文艺园地里的一丛紫罗兰，居然灿烂地开放出来了。这全仗诸位作家们的心血，助我培植而成，我自己断断不敢居功。但是有二点我所沾沾自喜的：一则我可借此告慰于先盟兄袁寒云先生之灵，当我在民国十五年间初办《紫罗兰》半月刊时，他是朋友中赞助我最热心的一个；如今见紫罗兰在十余年后灿然重放，也许要含笑九泉，并且暗暗地呵护着我吧。二则我可借此再度奉献于象征紫罗兰的伊人，她是我三十年来灵魂上的监督，三十年前使我力图上进，三十年后使我不敢堕落；如今她万里投荒，久疏音问，要是听得了《紫罗兰》重放的消息，借悉故人别来无恙，尚知振作，也许能使她凄凉的心坎上，得到一丝暖意吧。

——民国三十二年三月吴门周瘦鹃识于紫罗兰盦——

（选自1943年4月1日《紫罗兰》月刊第1期）

写在紫罗兰前头（二）

"含情欲说宫中事，鹦武前头不敢言"，这是唐人的诗句，描写宫中妃嫔的苦闷，有话不敢当着鹦鹉前头说出，提防能言的鹦鹉给她们传播开去，弄出是非来。可是我们在《紫罗兰》前头，却是敢言的，可以直言的，并且不妨亲切如家人般和读者们谈谈。

亡友刘半农兄，是编者二十余年前中华书局编辑部的同事，同出同进，非常相契，彼此的书，也往往借来借去，交换着阅读。我对于他那好学不倦的精神，一向是拳拳服膺的。后来他离开了中华，因为常在《新青年》月刊投稿的关系，认识了陈独秀先生，独秀先生往北大担任文学院长时，就带他同去。临行缺少盘费，拿他所译法国大仲马氏的《卖花女侠》，托我卖给进步书局，（后由包天笑先生付刊《小说大观》季刊）得了稿费五百元，方始成行。仗着他的埋头苦干，后来竟留学法国，荣膺文学博士学位，以一个江阴的中学生，而达到这步田地，真够使人佩服！他在新文化运动中创制了代表女性第三者的"她"字，一直沿用到如今，并且普及全国。不过我因为"她"字即古文"姐"字，别有意义，而音也不对，所以未敢苟同，二十年来凡是我的作品和我所编的刊物中，就始终没有见过"她"字，一律以"伊"字为代。记得去年谢啼红兄曾在所作《因风阁小简》中提到这一点，承他称许我不肯随俗的精神，而"伊"字尤别饶风趣，不过对于我将别人作品中的"她"改而为"伊"，却不以为然，他以为应该各存其真，不必强人尽同于己。这一句话，我自然很愿听从，但是不知如何，我对于这个"她"字，总觉得不对胃口，所以别人的作品一到我手中，非改不可，实在抱歉得很！这一回着手编辑《紫罗兰》，承文友们珠玉纷投，而除了程小青兄的《龙虎斗》和顾明道兄的《昆仑奴》中仍用"伊"字外，其他作品，竟无一非"她"，我的老毛病正想发作，而一想起啼红兄的话，倒没有勇气了。想一个人应当从善如流，我难道还是做"老顽固"刚愎自用么？而我的儿女们也提出了抗议，说大家都在用"她"字，爸爸何必坚持到底，不见年近古稀的包天笑老先生，也早已用了"她"了，这年头儿任何事情，都该从众，准不会错，就是您老人家自己的作品，也何妨从众用用"她"呢？我觉得"从众"二字，倒无从反驳，也不知是不是为了舐犊情深的缘故？我竟硬一硬头皮，不但不再改去人家的"她"，索性连我自己也破题儿第一遭用起"她"来了。刘半农兄一灵不昧，定要掀髯一笑（我和他同事时本来是没有髯的，但他是个络腮胡子，这些年来，也许于思于思了。呵呵！）道："老朋友，从今以后，您可不再和我闹别扭了吧！"一面我还得向那位替福尔摩斯打不平的程小青兄和给昆仑奴捧场的顾明道兄唱个喏道："对不起，老程、老顾，您们瞧老朋友分上，也将就'她'一

'她'吧。"

本刊创刊，恰好是春光明媚的时节，春来得快，也去得快，不可不加意地珍惜。所以我们来了一个特辑"春"，包含九篇小品文，使春光长留在纸面上，长留在读者们的心眼中，也就是古词人"千万和春住"的意思。

予且先生的短篇小说，久已脍炙人口，近来却大写其"记"，除了在《大众》月刊里"寻燕""埋情"之外，特地给本刊写了一篇《修容记》，仍然是保持他的一贯作风，又松又甜，好像蜂蜜鸡蛋糕一样。不！内中还含有奶油的成分，因为不但是松与甜，并且腴美得很。

丁谛先生的《我们的利市》，自始至终，是一个军阀时代的"老税油子"向人述说他怎样作弊弄钱的经过，文笔十分老辣。徐卓呆先生的《海棠杯》，自始至终，是一个女看护向女病家述说她与一只古董茶杯的故事，文笔十分委婉。这两篇不谋而合，同样是俗语所谓"自说自话"，在小说中别具一种风格。

这里要特别介绍两位女作家的作品：施济美女士的《野草》，汤雪华女士的《死灰》，都当得上"不同凡俗"四字的考语。《野草》对于恋爱和事业划下一个明晰而有力的分野，给予失恋者以莫大的慰藉与鼓励。《死灰》是对抱着独身主义的小姐们作当头棒喝，描写一位老处女心理上的反复和矛盾，文心之细，有过于她自己头上的青丝发。凡是三十以上的老小姐，不可不一读此篇，读过之后，包管她的独身主义立时摇动，而急于要物色对象了。（下半篇准于第二期中刊完）

顾明道先生的武侠小说，有声于时，这一回给本刊写了一篇《昆仑奴》，是衍述唐代昆仑奴盗红绡的一段故事，写得有声有色；他以后也预备常写这一类武侠故事，作为本刊的特殊贡献。

范烟桥先生对于写作不感兴趣，久已搁笔，几乎天天打麻将，与花骨头为伍。此次特为本刊写了一篇散文《马将篇》。他既是马将疆场上一员知己知彼的老将，自有许多独到之见，独得之秘。爱好此道的读者，可以当作教科书读，要是多赢了钱，分一些出来助助学，济济贫，那么打麻将也不算是无益之事啊！

"万宝全书缺只角"，是一句俗语，形容一个人差不多样样都知道的意思。本刊特辟"万宝全书"一栏，在排式上也照样的缺了一只角，全是记述些琐琐屑屑的事情，可作交换智识之用，我们打算按期刊登，欢迎读者投稿。

长篇小说除了编者的《新秋海棠》乏善足述外，有胡山源先生的《龙女》，是一个事实与理想的结晶，看他描写的精妙，故事的曲折，结构的谨严，不愧是一位老作家的力作。朱瘦菊先生的《金银花》，是一篇最近的上海社会现形记，脱不了财色两字的范畴，写得非常真切。瘦菊是十余年前名作《歇浦潮》的作者，别署海上说梦人，也是读者们的一位老友了。程小青先生是东方福尔摩斯"霍桑"的创造者，人尽皆知，无须介绍，《龙虎斗》是专写了福尔摩斯报复亚森罗苹而作，写大侦探与剧盗的斗智，真像生龙活虎一样。《月中天》是英国大作家威尔斯氏的科学名著，由编者的两位老师仇、吴二先生合译，虽用文言，却也流利可诵，并无艰深难解之弊。仇先生是英文教授，现已退休；吴先生是国文教授，早已去世。本书的付刊，是纪念这两位老师的。三十余年前编者束发受书时的情景，又活跃在眼前了。

本刊是一个综合性的刊物，文学与科学合流，小说与散文并重，趣味与意义兼顾，语体与文言齐收，这一片紫罗兰的园地，永远地公开着，欢迎大家来欣赏、指示，更赐以珍贵的种子——情文并茂的作品。（一切关于编辑范围内的信札和稿件，请径寄上海愚园路六〇八弄九十四号紫罗兰盦）

（选自1943年4月1日《紫罗兰》月刊第1期）

写在紫罗兰前头（三）

一个春寒料峭的下午，我正懒洋洋地耽在紫罗兰盒里，不想出门，眼望着案头宣德炉中烧着的一枝紫罗兰香袅起的一缕青烟在出神。我的小女儿瑛忽然急匆匆地赶上三层楼来，拿一个挺大的信封递给我，说有一位张女士来访问。我拆开信一瞧，原来是黄园主人岳渊老人介绍一位女作家张爱玲女士来，要和我谈谈小说的事。我忙不迭地赶下楼去，却见客座中站起一位穿着鹅黄缎

半臂的长身玉立的小姐来向我鞠躬，我答过了礼，招呼
她坐下。接谈之后，才知这位张女士生在北平，长在上
海，前年在香港大学读书，再过一年就可毕业，却不料
战事发生，就辗转回到上海，和她的姑母住在一座西方
式的公寓中，从事于卖文生活，而且卖的还是"西"文，
给英文《泰晤士报》写剧评影评，又替德人所办的英文
杂志《二十世纪》写文章。至于中文的作品，除了以前
给《西风》杂志写过一篇《天才梦》后，没有动过笔，
最近却做了两个中篇小说，演述两段香港的故事，要我
给她看行不行，说着，就把一个纸包打开来，将两本稿
簿捧了给我。我一看标题叫做《沉香屑》，第一篇标明
《第一炉香》，第二篇标明《第二炉香》，就这么一看，我
已觉得它很别致，很有意味了。当下我就请她把这稿本
留在我这里，容细细拜读，随又和她谈起《紫罗兰》复
活的事，她听了很兴奋，据说她的母亲和她的姑母都是
我十多年前《半月》《紫罗兰》和《紫兰花片》的读者，
她母亲正留法学画归国，读了我的哀情小说，落过不少
眼泪，曾写信劝我不要再写，可惜这一回事，我已记不
得了。我们长谈了一点多钟，方始作别。当夜我就在灯

下读起她的《沉香屑》来，一壁读，一壁击节，觉得它的风格很像英国名作家Somerset Maughm的作品，而又受一些《红楼梦》的影响，不管别人读了以为如何，而我却是"深喜之"了。一星期后，张女士来问我读后的意见，我把这些话向她一说，她表示心悦神服，因为她正是S. Maughm作品的爱好者，而《红楼梦》也是她所喜读的。我问她愿不愿将《沉香屑》发表在《紫罗兰》里，她一口应允，我便约定在《紫罗兰》创刊号出版之后，拿了样本去瞧她，她称谢而去。当晚她又赶来，热诚地约我们夫妇俩届时同去，参与她的一个小小茶会。《紫罗兰》出版的那天，凤君因家中有事，不能分身，我便如约带了样本独自到那公寓去，乘了电梯直上六层楼，由张女士招待到一间"洁而精"的小客室里，见过了她的姑母，又指着两张照片中一位丰容盛鬋的太太给我介绍，说这就是她的母亲，一向住在星加坡，前年十二月八日以后，杳无消息，最近有人传言，说已到了印度去了。这一个茶会中，并无别客，只有她们姑侄俩和我一人，茶是牛酪红茶，点是甜咸俱备的西点，十分精美，连茶杯与点碟也都是十分精美的。我们三人谈了许多文艺和园艺上的话，张女士又拿出一份她在《二十世纪》杂志中所写的一篇文章《中国的生活与服装》来送给我，所有妇女新旧服装的插图，也都是她自己画的。我约略一读，就觉得她英文的高明，而画笔也十分生动，不由不深深地佩服她的天才。如今我郑重地发表了这篇《沉香屑》，请读者共同来欣赏张女士一种特殊情调的作品，而对于当年香港所谓高等华人的那种骄奢淫逸的生活，也可得到一个深刻的印象，后来他们饱受了炮火的洗礼，真是活该！（《沉香屑·第一炉香》，因篇幅较长，须分三期刊完）

　　文字与美术并重，这是我历来所编刊物中的一贯作风，本刊封面由青年画家宋友梅先生执笔，真有生香活色之妙。《紫罗兰小画报》的题签，请专画《锦灰堆》著名的杨渭泉先生手制，也有古色古香之致。除了名家的书画雕刻和艺人小影以外，摄影由专家陈山山、郎静山、胡伯翔、张珍侯诸先生担任。山山先生是新闻界与摄影界的名宿，所作《富春一角》，不画不描，不拼不凑，纯正自然，活像是一幅名画，瞧那山明水媚的富春江，活跃在画面上．大可作卧游之资。

《新秋海棠》刊布以后，当然不免有人讥弹，但也谬承好多朋友的赞许，使我且感且愧！《秋海棠》作者秦瘦鸥兄读过之后，就跑来看我，说了许多"大才小用"等客气话，但有一点：他以为秋海棠夫妇俩应当重重酬谢那患难朋友韩家父女，单把小客栈中遗下的一些东西送给他们，未免菲薄一些。我用着葛礼医生的口吻回答他道："且慢慢儿地来，慢慢儿地来。此刻秋海棠正在病中，罗湘绮正在忧急，还想不到这些，以后自要好好补报他们的。"鸥兄本想做一篇对于《新秋海棠》的观感，交小型报发表，因有标榜之嫌，所以作罢。我对于《新秋海棠》的写作，怕不能以技巧胜人，但是也力求其合理化，而且要不背事实，第二章《血与血交流》，叙述接血这回事，我自己不是医家，全本外行，因此动笔时除了参考书本外，并先后请教于臧伯庸和陈明斋两大医师。伯庸先生名闻遐迩，无庸介绍，明斋先生是北平协和医院医学博士，前任苏州博习医院外科主任，施行大小手术，熟极而流，最近来沪悬壶于爱文义路大华路口九八五号，这是值得向病家推荐的。

吕伯攸先生的小说，一向以轻灵擅长，并且富于戏剧性，上期的《空穴来风》和本期的《灵方记》，都是属于这一型的。或以为演出太巧，但我以为宇宙之大，人事之繁，自难免有这样巧合的事实的。谭惟翰先生的《生活的一页》，叙述他喜获麟儿的经过，可作小说读，也可作报告文学读。

小说虽重趣味，但也不能忘却意义，本期有两篇富于教育性的作品，一是程育真女士的《遗憾》，阐发尊师之道，深入显出。育真是老友小青兄的爱女，文采斐然，自是后起之秀。二是令玉的《精神的慰藉》，使一般厌倦冷板凳的小学教师，得到一种慰藉，作者自己是小学教师，可说是现身说法。至于令玉是谁，她本人不愿宣布姓名，让我来凑在您的耳朵上，偷偷地告知您，她姓周，名玲，是编者的长女，先后在苏州景海小学和上海胡山源夫人手创的集英中小学中坐冷板凳，但请您千万严守秘密，怕给她知道了，要怪我老子饶舌的。

——民国三十二年四月吴门周瘦鹃识于紫罗兰盦——

（选自1943年5月1日《紫罗兰》月刊第2期）

写在紫罗兰前头（六）

笔者生性孤僻，爱与花木为伍，不喜欢参加任何正式的集会，最近为了《紫罗兰》，却破例去参加了两次，一是上海杂志联合会的筹备会与成立大会，见了好几位闻名而没见过面的杂志主办者与编辑者；二是《申报》陈社长招待日本出版界代表山田谦吉、上野巍二君茶会，专足把请柬送到紫罗兰盦，柬上附条说是务须出席，笔者因鉴于陈先生的一片盛意，于是代表《紫罗兰》去出席了。席间听过了好几位先生的伟论之后，陈先生也要我发表意见，于是我又破例的说了几句。第二天《申报》曾有记述，可是关于《盆栽》杂志一点，略有缠误，我说的是："曾经订阅过日本的《盆栽》月刊，这月刊中，也曾登过我的盆栽照片。"并不是我创办过什么《盆栽》杂志。还有最重要的一点没有记述出来的，那就是我的意见，我当时曾这样说："本人平时常在日本的书籍报纸杂志中，见到他们文化人对于我国的称呼，老是用'支那'二字，据说这'支那'二字，是含有轻蔑我国的意义的。本人孤陋寡闻，不知道是不是如此，今天特地请教于代表日本出版界的两位先生。"我这番话由任云鹏先生翻译，两先生听了，却只是笑而不答。少停，我又继续说道："现在且不管它有没有轻蔑的意义，总之我国是中华民国，那就应当以中华民国相称。希望两先生回国后，向出版界转达此意，愿'支那'二字，从此不再见于日本的出版物中。这就是本人今天所要提出的一些意见。"这一些些的意见，我怀之已久，正如骨鲠在喉，一吐为快，读者诸君，也许会同情于我吧。

六月十八日，老友胡山源兄送来汤雪华女士的大作

《罪的工价》，附有一封信，他说："'罪的工价乃是死'，语出《圣经》，此作如嫌过长，或分期刊登或删削，悉听尊便。雪华之作，深刻缠绵，与轻快流利者不同，弟深嗜之。（轻快流利者，弟亦喜欢）（下略）"当时我将这一篇《罪的工价》读了一遍，并不觉其过长，并且也无从删削。读过之后，掩卷深思，一片悲天悯人之念，油然而生，正如读了法国大作家嚣俄氏[①]（V. Hugo）的杰作《哀史》（*Les Miserables*）一样，不是恭维的话，这简直是《哀史》的一个雏形，《哀史》的一个缩本。当此粮食日贵民生日困的年头，希望当局者注意及之，不要多多塑造出与《罪的工价》中那个可怜虫同一型的人物来，真是功德无量，无量功德。

施济美女士和俞昭明女士，是女作家中绛树双声，一时瑜亮。她们俩先头同在东吴大学念书，同时毕业，并且同住在一起，又同样的说得一口流利的北京话，她们的作品，又同样的散见于各杂志，不过俞女士因体质较弱，作品比较的少一些。本期她们俩同为本刊写了两

---

① 即雨果。

篇创作，施女士的《一个落花时节的梦》，写一位忠于工作而淡于恋爱的白衣天使；俞女士的《望》，写一位供献其良人于祖国的贤妻良母型的好女子。这两篇作品是一样的情文兼至，意义深长，也可说是短篇创作中的绛树双声，一时瑜亮。

吕伯攸先生的《杜鹃声里》，吴起贤先生的《刀痕》，笔调都很轻松，而情节上也富于罗曼谛克的气息，但在这罗曼谛克的上海滩上，是常会有这种事实发生出来的。吕先生是一位写作最勤而又篇篇可读的老作家，吴先生是一位沉默寡言而富有艺术修养的青年作家，我希望本刊上以后常有他们的作品。

张爱玲女士的《沉香屑》第一炉香已烧完了，得到了读者很多的好评。本期又烧上了第二炉香，写香港一位英国籍的大学教授，因娶了一个不解性教育的年青妻子而演出的一段悲哀故事，叙述与描写的技巧，仍保持她的独特的风格。张女士因为要出单行本，本来要求我一期登完的，可是篇幅实在太长了，不能如命，抱歉得很！但这第二炉香烧完之后，可没有第三炉香了，我真有些舍不得一次烧完它，何妨留一半儿下来，让那沉香屑慢慢地化为灰烬，让大家慢慢地多领略些幽香呢。

慢着，请大家来见见本刊的这位新作家练元秀女士，请放心！并不需要列位的见仪，她却亲自送上一份小小的见面礼来了，那就是《决斗》。但您得小心一些，她是个很会淘气的女孩子，会跳，会纵，会哭，会闹，会扮鬼脸，会逗弄得您啼笑皆非，至于跟她决斗的那个男孩子是谁？我读到末了，才从恍然中钻出个大悟来，原来就是前几年风行一时的《西风》杂志的主编人吾友黄嘉音兄。可是这男孩子听说已经成人了，前年他远游回来之后，就悄悄地结了婚，却偏偏并没有请我喝喜酒，不知那位跟他决斗过的女孩子，可喝着喜酒没有？要是没有的话，那么跟我一块儿兴师问罪去，把他那个两年陈的洞房，闹它个天翻地覆！

上期为了民立中学清寒奖学基金，向《紫罗兰》读者呼吁乞助，当初笔者以为这低弱的呼声，也等于是潮湿的爆仗，放出去是白费的。谁知在短短的十天之内，就募到了八千八百元，已送到代收助金的民生银行去，当即取到收据，分别送交惠助诸先生，并以十二万分的诚意，向诸先生道谢。台衔与惠助金额谨列于后：

王永康先生五千元　徐懋棠先生二千元　张英超先生一千五百元　毛家麟先生二百元　金寿南先生一百元

——民国三十二年八月周瘦鹃识于紫罗兰盦——

（选自1943年8月10日《紫罗兰》月刊第5期）

写在紫罗兰前头（七）

　　《紫罗兰》在风雨飘摇之中，居然也出满了一年了。作者的特别帮忙，读者的加意爱护，真的使编者感激涕零！倘以花来比喻，那么这一年来诸大作家简直是把无限宝贵的心血来把它灌溉着，才使它开得活色生香，烂烂漫漫；而读者诸君却也不惜金铃十万，一个个来做了护花使者；因此第二年上，这花又开出来了。编者是个老园丁，哪敢不加倍努力，朝斯夕斯，以期其长保色香，烂烂漫漫的永久开下去。

第二年的阵容，并没有多大变更，第一年每期总有一个特辑，现在打算以《紫兰花片》为代，期期不使间断，内容专选散文诗词等小品杂作，这正与二十年前编者的个人小杂志《紫兰花片》一样，在《紫罗兰》里面，又附刊了一个小杂志，不过这不是编者个人的，而是一个公开的园地了。

一个人活到五十岁，世俗往往要庆祝一下，美其名曰大衍之庆，无非酒食征逐，跟亲友们热闹一场罢了。编者生于忧患，长于忧患，不知怎的，却不曾忧伤憔悴而死，一眨眼竟也是个五十岁的人了。生平不喜铺张，不爱热闹，况且碌碌半生，无功无德，也够不上庆寿的资格。可是扪心自问，却有一段绵延三十二年的恋史，还似乎有一述的价值，因此大胆地写了一篇《爱的供状》，作为五十自寿的纪念文字。谁知写好之后，没有发表的勇气，踌躇又踌躇，满想把它束之高阁了。不过深知此事的程小青、沈禹钟、吴仲熊诸老友，却一再地力劝发表，他们以为像这样的恋史，可泣可歌，与一般人朝三暮四的恋爱不同，正不妨大书特书的昭告世人，无所用其隐瞒啊。我一面唯唯诺诺，一面迟迟疑疑，终于挨到了《紫罗兰》第二年第一期的全部稿件发齐之后，才毅然决然的发了出去。知我罪我，在所不计，即使让卫道者给予我一个"名教罪人"的头衔，也是直受不辞的。

第一年的长篇小说，除胡山源兄的《龙女》外，都已结束。本年起特请汤雪华女士写了一部《亚当的子孙》，汤女士文笔老练，思想前进，向为山源兄所称许，此篇更是精心结撰之作。海上说梦人在二十年前曾以《歇浦潮》一书蜚声大江南北，最近特地为本刊写了一部《新歇浦潮》，揭发社会黑暗面，与禹鼎铸奸一样有力。每期刊登二回，使读者可以过瘾。

短篇创作有虞兮先生的《报复》，写一个失恋者的反常心理，入木三分。阿湛先生的《多余的故事》，写人生的空虚，富有哲学意味。小珞女士的《一对小鸟的死》，借一对失却自由的小鸟，阐发自由的真谛，自是言中有物。方修先生的《浮沉》，写人情的虚伪，刻画入微。其他如柯凤先生的《春之插曲》、张丽英女士的《落叶》、璞子先生的《往事》、方正先生的《孤帆》，也都足以使人深长思的。

散文方面，有邬尉廷先生的中篇译作《横渡大西洋》、沈泽人的《三国志演义杂考》、高穆先生的《倦旅掠影录》、米家船先生的《死》等，也都是不平凡的佳作。

——民国三十三年五月周瘦鹃识于紫罗兰盒——

（选自 1944 年 5 月《紫罗兰》月刊第 13 期）

写在紫罗兰前头（八）

　　编者所作的《爱的供状——记得词一百首》，自披露了四十首以后，居然博得了广大的同情，感激万万。就中如范烟桥兄来函说："……读大作记得词，此中有人，呼之欲出。而我兄诗境之孟晋，为之惊怖！……"鲍忠祈先生来函说："绝不是恭维的话，《爱的供状》曾经使我流了不少的眼泪，家中人常笑我看书居然会哭，那叫我回答些甚么呢？实在因为《爱的供状》太感动人了，情感丰富的我，又怎能例外呢？我常常一个人孤独地躲在房中看《爱的供状》，一遍，二遍，三遍，一遍又一遍的不厌其烦，老是重复地看着。……"闻人杰先生来函说："……近期《紫罗兰》，令人读之再三而不忍舍去者，莫若先生之《爱的供状》，不意世界之大，竟有如此神圣不可侵犯的爱在滋长着，而又发生于数十年前，始终不变，思之实属稀有，或者就为了是稀有之故，更觉有回味可寻。所以一方面为先生哭，而一方面也为先生颂。语云'人生得一知己，可以无憾'，像先生这样的知己，世间实在难觅，而先生得之，那么又何必一定要结为夫妇呢？……"陈佩珍女士来函说："……大作《爱的供状》，我最爱读，何以不在一期中刊完？尝鼎一脔，不能大快朵颐，十分难过，希望能在十六期中获窥全豹，请不要吝惜篇幅吧。……"我读了这些信．一面感激，一面也兴奋极了。陈女士要我把《记得词》在一期中刊完，只为每首诗都须加注之故，颇费心力，而情感也激动太过，往往有说不出的难受，恕我不能从命。好在再刊两期，也就全部结束了。

本期创作，有方修先生的《金家铺的艳事》，以老练而带讽刺的笔调，写一段乡村里一个教授的桃色的故事，可说是艳，也可说是丑。白悠先生的《遗产》为纪念他尊翁的周年祭而作。以一幅画作为遗产，何等的清高，也何等的凄婉！但我以为比了守财奴遗下来的千万家财，要宝贵得多。蓝羽先生的《麦子》，写一位多情的女子，为了不忍离开她恋人的坟墓，而枯守在小城里当一个清苦的小学教员，读之有不尽惘然之感。邬曦先生的《惑人的星光》，写他自己恋史的一节，歌颂恋爱，又歌颂音乐，像一首美丽的散文诗。徐碧波先生的《星期一》，是写字间中星期一日的写真，轻松而又翔实，非个中人不能道。凌祖仁先生《鸽铃声里》，借鸽铃琴来怀念远方的哥哥，读之可增手足之情。陈福慧女士的《牧师的女儿》、薛所正女士的《银宝》，一写女校同学间的友爱，一写托儿所中师长的热诚，读了都能使心中油然而起温暖的感觉。

　　本期的散文，如范烟桥先生的《垂虹桥》、徐一帆先生的《希特勒的第一个恋人》、金渚啸先生的《深山狼妖的故事》，都可作茶余酒后的谈助。《紫兰花片》本期仍出专页"饮"，包含关于"茶"的文字四篇，关于

"酒"的文字二篇，那就算请亲爱的读者们喝四杯香茗、两杯美酒吧。

编者在过去十二期中所写的《新秋海棠》长篇说部，虽说不上是精心结撰之作，但因不弹此调已久，手生荆棘，所以也费了不少心血。现已编成话剧五幕六景，由唐槐秋先生主持的中国旅行剧团在本市绿宝剧场演出，同时并由老闸大戏院林黛英、张湘卿二女士表演越剧，两院阵容都很坚强，成绩准不会错，凡是本刊读过《新秋海棠》的读者，不妨分头前去一看。至于本书单行本，本拟筹措资本，自行出版，不料老母忽患牙癀，心绪不宁，因此未能成为事实，愿将版权出让，凡书业中人有意承购的，请投函本市愚园路六〇八弄九四号紫罗兰盦接洽。

——民国三十三年九月周瘦鹃识于紫罗兰盦——

（选自1944年9月《紫罗兰》月刊第16期）

写在紫罗兰前头（九）

本期创作，有陈本圣先生的《红》，写一位青年学子，把握住了他的心猿意马，始终不为美色所迷惑，真是难能可贵。他所得力的，就是《马太福音》上的两句金玉良言："我们要谨慎，免得有人迷惑我们！"真可为色情社会中一般意志薄弱的青年们说教，不要以为是无关宏旨的小说家言啊。程小麟先生的《诗人与寡妇》，写一位唐吉诃德式的诗人，援救一个被虐待的小寡妇的故事，诗人自以为是英雄事业，而终于因了他的穷，结果是失败了。他的笔调轻松而别有风格，读过之后，还觉得很有回味的。吴苹子女士的《海恋者》，写海滨一段三角恋爱的故事，那女主人公处于两位恋人之间，偏偏是五雀六燕，铢两悉称。她在不知道该怎样取舍的心境之下，却被一位老教授劝她为社会服务的一封信所感动，竟同时抛下了两位恋人，毅然决然地踏上了征程。"为了自己，为了他们，为了最崇高、最神圣、最有价值的爱，我不得不这么做！"这是何等伟大的呼声，也可为一般沉迷于恋爱圈中的女性们说教的。范烟桥先生的《同学少年都不贱》，写一位大学教授在他同学的结婚礼堂上，遇见他中学时代的许多男女同学，当初大家做中学生时，本来是同在一个范畴里的，而经过了社会洪炉的陶冶，却变做了各种不同型的人物，以致使这位大学教授起了无限感触，不免引用起老杜这一句有名的诗句来。其实我们这班进过学校的人，到了中年而仍然郁郁不得志的，遇见了同学少年，又哪得不感慨系之呢？戴容女士的《入赘》，是一篇中篇创作，本期先登一半，下期续完，写一个穷小子迷恋虚荣，抛撇了真心爱他的人，入赘富家，以致受尽了侮辱，无可告语。凡是拜金主义者读了这故事，不啻当头棒喝。

关于拙作《爱的供状》，又得了几封信，可使我兴奋而感激的。吴仲熊先生来函云："读大作《记得词》，缠绵悱恻，一往情深，不独文词绮丽可爱，而天性敦厚，至情不移，益令人肃然起敬，彼纨袴薄幸者流，无容身之地矣。古人得一知己，谓可无憾，今足下得一知己于巾帼中，其亦可以无憾乎？……"虞兮先生来函云："……大作《记得词》不同凡响，玉溪竹垞，抗手风流，情文兼胜，读之醉心。不知尚须若干期始毕全豹，企予望之。"施旋女士来函云："……我想你的大作《爱的供状》，何以不多刊一些？甚至连《记得词》都未刊完，不免使我们爱读大作的人感到失望！你说张恨水先生曾把你的影事写成《换巢鸾凤》十五回，未竟而辍，张先生的小说也是我们所爱读的，这一篇未饱眼福，可不可以把十五回移载《紫罗兰》上，使我们可持以印证。……"虞兮先生和施女士都急于要瞧到本篇的全豹，好在一共还剩四十首，就在本期中全都刊出，作一结束；至于张恨水兄的《换巢鸾凤》十五回，先前虽曾从申报的《春秋》副刊上逐天剪下来保存着，可是因为经了丁丑事变，颠沛流离之余，早已残缺不全，因此不能从命，请施女士原谅！

本期的《紫兰花片》又是一个专页"食"，包含散文九篇，民以食为天，这原是我们生存条件上第一要著，可是在这非常时期，物资一天缺似一天，大家只能在纸上空谈一阵，等于画饼充饥，不过给我们这些挣扎在饥饿线上的人，聊以解嘲罢了。

拙作《新秋海棠》，仗着晨钟出版社陆宗植先生的毅力，竟在最短期间替我出版了，市上各报摊与书店里都有寄售，成绩都还不错。最近接到了四位读者的来函："瘦鹃先生：《新秋海棠》已出现在报摊上了，我们都爱不忍释地争看着，觉得先生的文章真是太好了。我们除了相互赞美外，便写信给先生以表我们的心。可是有一点使我们感到奇怪，那就是先生编辑的《紫罗兰》月刊，为甚么忽然不出了？每次我们走过报摊，总不见这灿烂的花朵，我们很惋惜而惊奇！希望先生能早日编就出版，我们知道先生不会使我们失望的。我们这年青的一群，是需要这种精神的食粮，愿先生能尽力帮助我们，我们不会说客气话，还望原谅！祝秋安。四个《紫罗兰》的读者陈永康、胡成、荣凤敬、余光耀同上。"这四位先生的来函，又给予我一种鼓励，使我很兴奋。承赞《新秋海棠》，愧不敢当！至于《紫罗兰》，不错，我们又延误了出版的日期。不瞒诸位说，我们因为资本太少，一向是买一期纸张出一期的，谁知一个月来纸贵如金，使我们吓得倒躲倒躲！幸而最近纸价已降低了一些，才使我们透了一口气，决计把这十七期赶快出版了。我希望纸老虎从此稍敛淫威，使出版界得以苟延残喘，不然的话，这一朵柔弱的紫罗兰也终于要给它一口吞噬下去的。谢谢四位先生的关怀！

《红楼梦》是中国小说界一部颠扑不破的杰作，为它心醉神往的读者，不知有多多少少。先前舞台上虽有演出，只是枝枝节节的采取书中一二节的故事，就是近来映演的《红楼梦》电影剧，也只着眼于贾宝玉与林黛玉的一段恋史，忽略了其余的情节。剧作家萧林先生的夫人陈元宁女士，特地编成了一部《红楼梦》话剧的剧本，包罗很广，剪裁也很精细，特交本刊发表，即自本期开始刊登，大约不久的将来，读者就可在舞台上看到它的演出吧。

——民国三十三年十月周瘦鹃识于紫罗兰盒——

（选自 1944 年 11 月《紫罗兰》月刊第 17 期）

《花前琐记》前言

东涂西抹，匆匆三十年，自己觉得不祥文字，无补邦国，很为惭愧！因此起了投笔焚砚之念，打算退藏于密，消磨岁月于千花百草之间，以老圃终了。当时曾集清代诗人龚定公句，成《摅怀吟》《逐初吟》各十四首，向朋友们示意，中如：

暮气颓唐不自知，一灯悬命续如丝。

今年烧梦先烧笔，倦矣应怜缩手时。

名场阅历莽无涯，一代人才有岁差。
花月湖山娇冶甚，自缄红泪请回车。

少小无端爱令名，九流触手绪纵横。
百年心事归平淡，至竟虫鱼了一生。

一灯红楼混茫前，东海潮来月上弦。
花有家乡侬替管，莫因心病损华年。

不要公卿寄俸钱，此身已作在山泉。
人生合种闲花草，明镜明朝定少年。

断无只梦堕天涯，忽向东山感岁华。
我替梅花深颂祷，丽情还比牡丹奢。

此去东山又北山，料无富贵逼人来。
黄梅淡冶山礬靓，记取先生亲手栽。

斜阳只乞照书城，玉想琼思过一生。

从此周郎闭门卧，梅花四壁梦魂清。

单单看了这八首诗，就可知道我的心事了。

对日抗战胜利以后，我就实践了这些诗中的话，匆匆地结束了文字生涯，回到故乡苏州来；又因遭受了悼亡之痛，更灰了心，只是莳花种竹，过我的老圃生活，简直把一支笔抛到了九霄云外；如今重行执笔，重理故业，真有手生荆棘之感。幸而日常起居于万花如海中，案头有花枝照眼，姹娅欲笑，边看花，边动笔，文思也就源源而来了。

《花前琐记》之作，除了漫谈我所喜爱的花木事而外，也谈及文学、艺术、名胜、风俗等等，简直是无所不谈；一方面歌颂我们祖国的伟大，一方面表示我们生活的美满；要不是如此，我也写不出这些文字来的。此外我需要鼓励和督促，要是没有朋友们的鼓励和督促，我也不会这样勤笔勉思的。

一九五五年四月周瘦鹃识于紫罗兰盦
（选自《花前琐记》1955 年 6 月北京通俗文艺出版社第 1 版）

《花花草草》前记

　　我是一个特别爱好花草的人，一天二十四小时，除了睡眠七八小时和出席各种会议或动笔写写文章以外，大半的时间，都为了花草而忙着。古诗人曾有"一年无事为花忙"之句，而我却即使有事，也依然要设法分出时间来，为花而忙的。有时甚至忙得过了头，废寝忘食，影响了健康；这不仅仅是寻常的爱好，简直是做了花草的奴隶了。

　　我的家园，自从解放以来，就向群众开放，来者不拒。全国各地的工农兵以及首长、干部和国际友人们，都来参观我的花草，表示特殊的好感，使我精神上得到了莫大的安慰，也增加了我劳动的热情，总想精益求精，使他们乘兴而来，不要败兴而去。有好多来宾还要求我多写些有关花草的文章，以供观摩。我兴奋之余，就把一支闲搁了十多年的笔，重新动了起来，居然乐此不疲。老友沈禹钟兄去秋特来看花，赠诗多首，中有"闭户自开花世界，著书能斗月精神"之句，虽说有些过誉，倒也给与我一种鼓励。

本书所收的散文三十五篇，都是一九五五年的作品，分为二辑：第一辑为我所爱好的花草果品张目，颂德歌功，不遗余力；第二辑记记游踪，写写风土俗尚，谈谈苏州的手工艺，有的虽说与花花草草无关，然而也可以说是日常生活中的花花草草，反映出我在这新中国的新社会中，是过得非常美好、非常愉快的。因此统名之曰"花花草草"，也未始不可。

一九五六年五一劳动节周瘦鹃记于紫罗兰盦

（选自《花花草草》1956年9月上海文化出版社第1版）

《拈花集》前言

　　时光过得多快呀！古人以"白驹过隙"来作比，虽觉夸张，然而华年不再，白发催人，所谓华年似水，的确像水一般在不知不觉中泻过去了。这一泻，可就泻去了我整整六十七年有半，而在这些悠悠忽忽的年头里，写作生活却足足占去了五十年。五十年东涂西抹，忝列作者之林，扪心自问，实在没有什么成就，但在我个人的生命史中，毕竟是可以纪念的一页。

解放初期，万象更新，文艺界也换上了新的面貌。我怀着自卑感，老是不敢动笔；打算退藏于密，消磨岁月于千花百草之间，以老圃终老了。当时曾集清代诗人龚自珍句成诗以寄慨，中如："暮气颓唐不自知，一灯悬命续如丝。今年烧梦先烧笔，倦矣应怜缩手时。""少小无端爱令名，九流能手绪纵横。百年心事归平澹，至竟虫鱼了一生。""斜阳只乞照书城，玉想琼思过一生。从此周郎闭门卧，梅花四壁梦魂清。"读了这些诗，可见我那时的心情非常萧素，是充满着黄昏思想的。

　　一九五一年九月，我意外地被邀出席苏南区第一届文学艺术工作者代表大会，江苏省管文蔚副省长那时正任苏南人民行政公署主任，在大会上接见了我。随后他又给了我一封信，略谓："先生从事写作多年，经验丰富，希望遵照毛主席所指出的正确的文艺路线，发挥高度的爱国热情，继续写作，将来对人民文艺事业谅必有更多的贡献。"一九五三年六月，陈毅元帅在上海市市长任内，有一天光临苏州，也光临了我的小圃，当他提到我往年的写作时，我即忙回说过去的一切写作真要不得，我全都否定了。元帅却正色道："不！这是时代的关系，并不是技术问题。"这句话，正如管副省长的那封信一样，给与我莫大的鼓励。于是振作精神，重又动起笔来。这几年间，曾经在报纸和刊物写了不少散文，先后出版了《花前琐记》《花前续记》《花前新记》《花花草草》四个选集，虽说旧调重弹，总算有了一些新的内容，但与毛主席所指示的文艺路线还是有相当距离的。

至于近三年来所获得的一些成绩，那要归功于毛主席。只因我于一九五九年四月和一九六二年四月，曾两度荣幸地见到了主席，他老人家给了我很大的鼓励，才使我勤笔勉思，鼓足干劲，孜孜兀兀地猛干了三年。这一种知遇之感，真是刻骨铭心，永远不会忘却的。

今年恰是我从事写作以来的第五十个年头，感谢上海文化出版社不弃蒉菲，要我把这几年间所写的散文，编一本选集，除了把先前《花前琐记》等四个集子里的作品或多或少地加以修改作为基本内容外，再把近年来发表于报纸、刊物上的和其他若干篇没有发表过的作品，补充进去，分作三辑，定名《拈花集》。记得书中曾有这么一个故事："释迦牟尼在灵山会上，拈花示众，一时众皆默然，只有迦叶尊者破颜微笑。"我的拈花，怎敢比释迦牟尼的功德,不过是拈花惹草,自娱娱人罢了。但是饮水思源,还得感谢毛主席、陈毅元帅和管文蔚副省长先后给我的鼓励,才使我在这新中国的新时代里不被淘汰,而仍然列于作者之林。今天才有这么一本选集,居然公之于世。感谢田汉同志赐序,给我这选集增加了光采,可是语多溢美,实在愧不敢当;我只有至至诚诚地跟着那班小学校里的小朋友们,一同喊起口号来:"好好学习,天天向上!"

一九六二年八月周瘦鹃记于紫罗兰盦

(选自《拈花集》)

申报·自由谈之自由谈及春秋编者的话

《**申报·自由谈之自由谈**》1920 年 10 月 13 日第 14 版

吾国政府，知有官意军意而已，初不知有民意也。民之所目为国贼，而欲放之四夷者，政府必倚重之，今又以持节赴东方贺婚专使闻矣。呜呼，好人之感恶，恶人之所好，吾政府殆别有肺肠乎？

《**申报·自由谈之自由谈**》1920 年 10 月 19 日第 14 版

武人脑筋之简单，可笑亦复可怜。其目光所注，但在金钱与禄位，与言世界潮流，彼不知也；与言文化运动，彼不解也。于是蔡鹤卿①以拿办闻矣，呜呼。

《申报·自由谈之自由谈》1920 年 11 月 5 日第 14 版

国民以废督请，跋扈武人立曰："此无政府主义也，不可听，不可听。"然国民欲废督，必请于政府，是目中尚有政府也。若彼起起者扩地盘，位爪牙，自为支配，视政府如无物。所谓无政府主义者，即此欤？

《申报·自由谈之自由谈》1920 年 12 月 8 日第 14 版

今日吾国民已无一事可为矣。无论何事，虽尽力以求之，往往不能如愿。惟有一事可为者：则各掬至诚，祷吁于天，乞下降鞠凶，以尽诛一般误国误民之武人官僚与伟大人物。舍此不为，则束手待毙而已。

《申报·自由谈之自由谈》1921 年 1 月 9 日第 14 版，**小说特刊第 1 号**

小说可以疗愁，为效殊神，秋中多感，百端交集。小楼听雨，每悒悒不乐，出一二名家小说读之，则郁抱为展，秋愁自竭，正不必别觅疗愁方也。

---

① 即蔡元培。

《申报·自由谈之自由谈》1921年1月16日第14版，小说特刊第2号

以薄荷油敷太阳穴，目中作微辛，泪簌簌下，察此泪实为强致，与心无关也。其能使心弦动而泪泉至者，莫若情感强烈之小说。予读黑奴吁天而哭，读绛珠归天（红楼之一节）而哭，读茶花女而哭，读不如归而哭，泪之来，每出于不自觉，女人之笔，有胜于薄荷油多矣。

《申报·自由谈之自由谈》1921年1月23日第14版，小说特刊第3号

青年涉世，每昧于世故人情，出而与社会相接触，则十步一网，百步一穴，偶一弗慎，辄深陷其中而不可出，可畏也。平居无事，如多读有意义之社会小说，则世故人情，渐可洞晓。社会小说者，盖犹一世故人情之教科书也。

《申报·自由谈之自由谈》1921年1月30日第14版，小说特刊第4号

国事日非，民生愈困，三年以还，小说界之趋势亦变。时贤作品，率多抒写社会疾苦，一唱三叹，不同凡响，当兹岁暮天寒，一为展读，恍见行墨间有小民泪血

之痕，与啼饥喊寒之凄态也。

《申报·自由谈之自由谈》1921年2月13日第14版，小说特刊第5号

小说为美文之一，词采上之点缀，固不可少，惟造意结构，实为小说主体，尤宜加意为之。庶春华秋实，相得益彰，若徒知辞藻，而忽于造意，不重结构，则无异一泥塑或木雕之美人，虽镂金错采，涂泽甚工，而终觉其呆滞无生气也。

《申报·自由谈之自由谈》1921年2月27日第14版，小说特刊第7号

吾人治小说家言，时觉材料枯窘，无由着笔，不知材料固多，特患吾人之不自搜觅耳。歌馆剧场，通衢陋巷，无一非小说材料产生之所，得其一二琐事，即可作万言宏篇。而文思之来，亦若自来水之启其机括，汩汩无尽矣。

《申报·自由谈之自由谈》1921年3月6日第14版，小说特刊第8号

哀情小说以能引人心酸泪泚者为上，作者走笔时，须自以为书中人物，举其中心所欲吐者，衔悲和泪以吐之。庶歌离吊梦，一一皆真，正不必实有其人，实有其事也。读小仲马之《茶花女》，读哈葛德之《迦茵传》，吾泪泚，此之谓哀情小说。

《申报·自由谈之自由谈》1921年3月13日第14版，小说特刊第9号

挽近俄法名家说部，迻译者蜂起，移其思想之花，植之吾土，诚盛事也。然雷同之作，多于束笋，如托尔斯泰、毛柏桑[①]两家作品，往往一短篇而先后有五六人译之者，虽译笔不同，究有虎贲中郎之似。审填如予，亦复不免。窃愿与薄海同文，商榷一防止之法也。

《申报·自由谈之自由谈》1921年3月20日第14版，小说特刊第10号

持花镜前，观镜中花影，一瓣一萼，悉与真花同。持紫兰，镜中现紫兰，持玫瑰，镜中现玫瑰，迻译西方名家小说，亦常如是，庶不失其真，今人尚直译，良有以也。然中西文法不同，按字直译，终有钩铒格碡之弊，奈何。

---

① 即莫泊桑。

《申报·自由谈之自由谈》1921 年 3 月 27 日第 14 版，小说特刊第 11 号

小说之作，现有新旧两体，或崇新，或尚旧，果以何者为正宗，迄犹未能论定。鄙意不如新崇其新，旧尚其旧，各阿所好，一听读者之取舍。若因嫉妒而生疑忌，假批评以肆攻击，则徒见其量窄而已。

《申报·自由谈之自由谈》1921 年 4 月 3 日第 14 版，小说特刊第 12 号

言情小说非不可作也，惟用意宜高洁，力避猥俗。当下笔时，作者必置其心于青天碧海之间，冥想乎人世不可得之情，而参以一二实事，以冰清玉洁之笔，曲为摹写，无俗念，无亵意，则其所言之情，自尔高洁，若涉想及于闺襜艳福，即堕入魔道中矣。

《申报·自由谈之自由谈》1921 年 4 月 10 日第 14 版，小说特刊第 13 号

袁寒云曰："小说以社会为最上选，言情备一格而已，而惨情者尤败人兴趣，著作愈佳，愈使人短气，每读瘦鹃此类之作，辄怆然掩卷。"允哉袁子之言也，社会小说，固为小说眉目，悲天悯人之念，非社会小说不能

写，而欲挽救世变，亦非社会小说不为功。挽近以来，颇知事此，顾生性善感，涉笔每多凄响，恬管难鸣，哀弦不辍，袁子读吾文，姑作午夜鹃啼观可也。

《申报·自由谈之自由谈》1921年4月24日第14版，小说特刊第15号

近癖留声机，朝夕得暇，每以一听为快。机片转处，歌乐齐鸣，几疑身在梨园中也。日者谋草说部，思路苦涩，适闻留声机声，欣然若有得。走笔两夕，遂成一篇，题曰《留声机片》，抒写哀情，差能尽致。于以知小说材料不患枯窘，端赖吾人之随时触机而已。

《申报·自由谈之自由谈》1921年5月1日第14版。小说特刊第16号

社会小说良不易作，分章列回，已颇费力，复须纬以千奇百怪之事实，作者必世故饱经，见多识广，始克集事。吾友涵秋、瞻庐、海上说梦人等，均擅此，一作往往累一二十万言，如长江大河，奔赴腕底，有一泻千里之观，小子不敏，无能为役也。

《申报·自由谈之自由谈》1921年5月22日第14版，小说特刊第19号

小说之新旧，不在形式而在精神。苟精神上极新，则即不加新（符）附号，不用"她"字，亦未始非新；反是，则虽大用"她"字，大加新附（符）号，亦不得谓为新也。设有一脑筋陈腐之旧人物于此，而令其冠西方博士之冠，衣西方博士之衣，即目之为新人物得乎？吾故曰小说之新旧不在形式而在精神也。

《申报·自由谈之自由谈》1921 年 6 月 5 日第 14 版，小说特刊第 21 号

小说命名，非易事也。往往有一作既成，而苦索不能得一佳名者。雕红刻翠，无当大雅，撷拾昔人诗句为之，复觉其未善，则无宁以白描为得。近作命名，如《一诺》《之子于归》《一念之微》《十年守寡》等，似尚可取也。

《申报·自由谈之自由谈》1921 年 6 月 26 日第 14 版，小说特刊第 24 号

个人操守之坚否，是关于平昔之学养，严守心垒，岂能为外物所动，若徒归罪于小说，谓足使人失足，谬矣。西方小说，每一国无虑千万种，以言情为尤多，未闻其社会因以堕落；而吾国之犯奸杀案者，反多不识字之流。呜呼，可以思矣（惟小说之描写淫欲者，自当拂斥之）。

《申报·自由谈之自由谈》1921年7月3日第13版，小说特刊第25号

吾国民气消沉，非伊朝夕，每遇外侮，受一度刺激，少知振拔，及事过境迁，则又梦梦如故，乐之之道，惟有多作爱国小说，以深刻之笔，写壮烈之事，俾拨国人之心弦，振振而动，而思所以自强强国之道。此其功效，正无异一贴兴奋剂也，近为《新声》撰《五月九日》一作，似亦足以拨动心弦者，愿吾国人一读之。

《申报·自由谈》《新话·说消闲之小说杂志》1921年7月17日第18版，小说特刊第27号

吾友程小青言，尝闻之东吴大学教授美国某博士，美国杂志无虑数千种，大抵以供人消闲为宗旨。盖彼邦男女，服务于社会中者綦夥，公余之暇，即以杂志消闲，而尤嗜小说杂志，若陈义过高，稍涉沉闷，即束之高阁，不愿浏览矣。是故消闲之小说杂志充斥世上，行销辄数十万或竟达百万二百万以外，若专事研究文艺之杂志，则仅二三种，行销亦不广，徒供一般研究文艺者之参考而已，即英国亦然。著名之小说杂志如《海滨杂志》《伦敦杂志》等，亦无非供人作消闲之品。有《约翰伦敦》周报一种，为专研文艺之杂志，销数无多，海上诸大西书肆中竟不备，余尝往叩之，苦无以应，寻得之一小书肆中，因订阅焉。据肆中人告予云，此报海上绝无销路，每期仅向英国总社订定二册，一归一英国老叟购去，一则归君耳。观于此，则可知英美人专研文艺者之少矣，反观海上杂志界，肆力于文艺而独树新帜者，亦不过一二种，足以代表全国，其他类为消闲之杂志，精粗略备，俱可自立，顾予意中尚觉未餍，尝思另得一种杂志，于徒供消闲与专研文艺间作一过渡之桥。因拟组一《半月》杂志，以为尝试，事之成否未可知，当视群众之能否力为吾助耳。

《申报·自由谈之自由谈》1921 年 7 月 31 日第 18 版，小说特刊第 29 号

英国迭更司先生善为社会小说，描写人情世故，无不深刻入微，世之人翕然称之。今日吾国之社会，其阴险奸谲，什百倍于迭更司时代之英国，即使迭更司先生复活，亦将无从描写之矣。

《申报·自由谈之随便说说》（我的洗涤北京腐败观）1922 年 8 月 12 日第 18 版

吴佩孚说："我主张多请风厉的阁员，洗涤北京腐败的积习，然后组织正式内阁，趋重学行。"吴佩孚这些话，倘能做得到，自是国家之福，然而说虽这样说，做是做不到的。可是北京的腐败，还是从前清积到如今，甚么臭鱼、烂肉、坏蛋，都满坑满谷地积在那里，凭你罄南山之竹，做成一柄大扫帚，怕也扫除不去。即使暂时扫除，他们仍会还来，发出恶臭和微生虫来，把个好好北京城，糟蹋坏了。像黎总统和此外一二个正派些的，不能不算得很好的清道夫，但也没法发付。我看还是像上海救火会中把皮带灌水冲地板一般，向外洋定造几副再大没有的皮带龙头，把一头浸在东海里，一头由我们国民握住了，立在昆仑山、峨眉山和五岳的顶上，齐向着北京冲去；但是把东海中的水一起用干了，怕也不能洗涤北京腐败于万一呢，唉。

《申报·自由谈之随便说说》（欢迎孙中山先生到沪）1922 年 8 月 14 日，第 18 版

孙中山先生护法功高，为一个法字奋斗了几年，挨了多少辛苦，吃了多少闲气。虽因了护法，做一任护法总统，似很合算，但也因了护法，得了个孙大炮的诨号，不大值得。但是无论如何，孙先生总已对得起这个法了。

《申报·自由谈之随便说说》（若干年的亡国生活）
1922年9月1日第18版

美国某博士说，中国须过着若干年亡国生活，方能激刺麻木脑筋，而趋于向上。今所患者痨病，越患越深呀。这种可怕的话，不知道国人大家都注意没有。十年前我们既千辛万苦推翻了满清，建造起这个中华民国来，就该发扬光大，不辱没这东亚大国的称号才是。哪知因循十年，种种的腐败，反比满清时代更厉害。到了现在，竟使外国人高唱共管论，要我们过若干年的亡国生活了。我们国民，脑筋不是完全麻木的，该赶快起来，唤醒那些万恶的军阀官僚和搬弄是非的政客，大家痛改前非，同心救国。要知道朝鲜、印度、安南等国，不过做一国的奴隶，已痛苦万分。我们倘在各国共管之下，做各国的奴隶时，怕就要万劫不复，永没有重见天日的希望咧。国人呀国人，刀已响了，瓜分的日子到了，快醒醒罢，快醒醒罢。

《申报·自由谈之随便说说》（政界与厕所）1922年9月25日第18版

里昂通信，章行严①过里昂时，曾演讲一次。吴稚晖劝他回国后不要再入政界，说今日投身政界，直好似投身厕所，稍一逡巡，就遍体着粪咧。吴先生的意思，简直把政界比做厕所，真是个臭不可当的所在。这样说来，偌大一个北京城，差不多像上海那种公坑所，人人都要掩鼻而过。那在坑满坑、在谷满谷的大小政客，可不是活像粪缸中的粪蛆么？我瞧吴先生的话，虽然比喻得很妙，也未免过分一些。政界中人虽说坏的人多，也未始没有好人。不过一入政界，因地位关系，难保不同流合污罢了。政界中的列位大人先生啊，你们快快争一口气，使这厕所式的政界，变成了芝兰之室。那时怕吴先生也要来闻闻香味咧，呵呵。（瘦鹃）

《申报·自由谈之随便说说》（贱业抽签又将举行）1922年11月18日第2版

本埠执照妓院，又将于十二月五日抽去三分之一。抽签后所捐照会，到明年四月一号取消。于是这三分之

---

① 即章士钊。

一的妓女，可就要莺飞燕散，不能再在灯红酒绿场中讨生活了。不上几时，就那三分之二的妓女，也得被签子抽去，谁也逃不过的。工部局的意思，是要使这些操贱业的妓女不能再在租界内立足，使租界内的男子嫖无可嫖，就可把道德加厚，人格加高起来。这真是大家所应感激的。不过我还有一个希望，就是希望工部局一方面把那些挂着金字招牌的妓女禁绝了，一方面再把那些不挂金字招牌贻害更大的私娼设法调查调查，再把那些街头巷口餐风饮露的雉妓，一起送到屋子里去，都给他们想一条生路，免得除了经营皮肉生涯外，不能活命。这倒也是耶稣基督教人之道呢。

《申报·自由谈之随便说说》（议场与杂耍场）1922年12月20日第2版

　　北京通信，说众议员为了变更日程问题，又闹将起来。掷墨匣咧，喝打咧，扭做一团咧，真闹得不可开交。有两位先生，各持一墨匣，忽而扬起作欲掷状，忽而拍案作醒木用，论议场的形状，直好像一个杂耍场。那个旁听席中倘有好事人，用快镜摄成影片，倒是很好看的。但我们做国民的，见我们所选神圣的议员，这样胡闹，真个欲哭无泪，欲笑不得。可是这个议场，是我们国民希望场里干出些福国利民的事情来的，谁要他闹成一个杂耍场模样。早知如此，我们何不就请北京、天津那些落子馆里的人物做议员，或者就把上海游戏场里的杂耍台当做议场呢。我说到这里，旁边有一位朋友呵斥我道：哈，你又要说迂夫子的话了，神仙尚须游戏，何怪他们神圣的议员老爷们，也要弄个墨匣玩玩，这算得甚么事啊。

《自由谈之三言两语》（新到德国兽医）1925 年 5 月 18 日第 17 版

上海新到一位德国兽医，据说善医狗的心虫病。我说，害心虫病的不但是狗，便是吾国的政客官僚和大军阀，也都有这种病啊。你看他们那么善钻营，因为心中有钻纸的蠹虫；善剥削，因为心中有蛀木的蛀虫；贪得无厌，因为心中有贪食的蛔虫；无恶不作，因为心中有吸血的毒虫。端为了这心虫病作怪，才使各省常作秋虫之斗，才使全中国可怜虫的小百姓常受虫沙之劫。

《申报·自由谈·痛心的话》1931 年 9 月 24 日第 11 版

亲爱的国人，这不是酣歌恒舞的时候了，暴日的兵已侵占了我们的土地，掠夺了我们的财产，残杀了我们的同胞，你们有心肝有血气么，便当效法勾践，一致做卧薪尝胆的工作。

《申报·自由谈·痛心的话》1931 年 9 月 25 日第 11 版

亲爱的国人，今日何日，你们还在欢天喜地的度中秋，吃月饼吗？你们在取了一个圆圆的月饼到手中的时候，应当想到我们的中华民国本来也是圆圆的，像这月饼一样，你在放到口中吃的时候，就应当想到暴日之对于我国，也像你吃这月饼一样。东三省占去了，就好似咬去了月饼的一大角，随后再一口口咬下去，把月饼吃光，而我们的中华民国也就完了，唉，可怜的祖国啊，你怎么与月饼一般的命运。

《申报·自由谈·痛心的话》1931 年 9 月 26 日第 11 版

亲爱的国人，今天不是旧俗所谓中秋节么？"月到中秋分外明"，是如何的美满。然而我希望今夜的月，不要再圆，不要再明了，怕它照见我们东北方的膏腴之府。那庄严灿烂的青天白日旗哪里去了，却换上了一面面血染似的红日旗。那大中华民国数十万执干戈而卫社稷的大军又哪里去了，却换上了一个个恶魔似的矮子兵。唉，不堪回首故国月明中，月儿月儿，你今夜不要再圆，不要再明了。

《申报·自由谈·痛心的话》1931 年 9 月 27 日第 16 版

亲爱的国人，今日何日，已到了国难临头的日子了。你们还要互相仇视，互相火拼吗？要知一切利禄，一切权势，到如今不能再挂在心头眼底。因为你们所托足的祖国，已在一刀刀的被人宰割了。还是趁这尚未宰割净尽的时候，一致的团结起来，共谋国是，共赴国难。

《申报·春秋》（特刊序）1933 年 9 月 21 日第 15 版

九一八不出特刊，并非贪懒，却是静默三分钟之意。兹于此惨痛纪念的第三期上，在痛定思痛之余，蓦地来这么一个特刊，叫做"无题"。"无题"云者，非与那旧诗人们专写风怀的艳体诗同科，而如佛所云"不可说不可说"也。是为序。

《申报·春秋》（秋特刊跋）1934 年 9 月 8 日第 18 版

我与鸟中杜鹃，同是天地间的愁种子，所以虽在春夏，而忧国忧家，常怀着悲秋的情绪。如今偏又到了秋季！这"秋风秋雨愁杀人"的秋季，我的悲哀更不用说了。秋夜无俚，检读四方文友的来稿，竟不少关于"秋"

的文字，因此来了一个"秋"的特刊，以示同调。是为跋。甲戌之秋，周瘦鹃跋于紫罗兰盦。

《申报·春秋·点滴》 1934 年 8 月 20 日第 16 版

邓铁梅将军陷在沈阳监狱中，敌人以酒筵相饷，他拒绝一食，誓之以死。因此想到当年张睢阳对南寄云说："南八，男儿死耳，不可为不义屈！"真可后先辉映。翘首东北，敬向邓将军顶礼膜拜。

《申报·春秋·点滴》 1934 年 8 月 22 日第 17 版

昔人"汗滴禾下土"的诗句儿，描写农人犁田之苦，入木三分。今年江南大旱，赤地万里，可怜他们连禾也没有了！所有的，只是汗，只是泪，只是血！

《申报·春秋·点滴》 1934 年 12 月 8 日第 16 版

距史经理被难之日（指《申报》老板史量才被特务暗杀了），忽忽兼旬矣。以公之中正和平，万无杀身之理，而卒不免于杀身，厥故安在？迄于今莫能明。公之目，岂能瞑乎？今日，本报同人，举行追悼会于湖社，吾将携满斛热泪，挥之灵前。魂兮有知，或能于吾人之前，有所启示乎？呜呼！上帝无言，哲人何处？拊膺巨恸，百念灰冷矣。

《世界秘史》例言

一、本书所载，皆世界各国实事，有原本可稽，初无一篇出于向壁虚造；

二、本书第一篇《拿破仑帝后之秘史》，曾编为戏剧，演于上海新舞台，易名《拿破仑之趣史》。夏月润之拿破仑，欧阳予倩之拿皇后，汪优游之奈伯格伯爵，夏月珊之勒佛勃尔公爵，周凤文之公爵夫人，皆卓绝一时；

三、本书内容实分六类：曰宫闱秘史，曰名人秘史，曰外交秘史，曰政治秘史，曰军事秘史，曰社会秘史。今不加诠次，间杂刊载，读者自为区别可也；

四、本书原作，类多出自欧美秘籍，罗致煞费苦心，而《拿破仑情人之秘密日记》一种，尤为名贵；

五、本书匆促付印，校雠少有疏略。鲁鱼亥豕，在所不免，读者请于读后更一阅卷末勘误表；

六、本书告成，除自行编译外，并深得友人程小青、张碧梧、黄宙民、华颂尧四君之助，附志一言，用致感忱。

编者（周瘦鹃）志

（录自《世界秘史》，1918 年 1 月 10 日

上海中华图书集成公司初版）

周瘦鹃心血的宣言

看官们请了！在下是周瘦鹃的心血，向来不值什么钱的，东也洒一些，西也洒一些，真好像自来水一样，七八年来，也不知洒去多少了。其实于人家毫没益处。如今同着王钝根出主意，索性把我们余下来的合在一起，又约了几位老朋友的心血，合伙儿去浇灌《礼拜六》这片文字的良田。一礼拜七日，天天浇灌，指望他到处开出最美丽的花来，给看官们时时把玩。每逢礼拜六，就能闻到花香，看见花光，月份牌上的礼拜六无穷。愿《礼拜六》的良田不荒，愿《礼拜六》的好花常开！

（选自 1921 年 3 月 19 日上海《礼拜六》周刊第 101 期）

《新家庭》出版宣言

家庭是人们身心寄托的所在。能给予人们一切的慰安，一切的幸福。你无论走到天尽头地角里去，你总会牵肠挂肚地想念着它，心中跃跃地兀自想回到这家庭里来。这种意味，凡是不曾远离过家门的人，是不会知道的。

人类是不知足的动物。他们营营一生，从来没有知足的时候。所以久处在家庭的卵翼之下，享受着了种种的慰安与幸福，还是不知足。往往有以家庭为烦恼之府，而自甘脱离家庭的。他们哪里知道无家之苦，正等于亡国人民的无国之苦！旁皇复旁皇，飘泊复飘泊，到处瞧不到一张慈和的面庞，听不到一声温柔的言语，到了那时，怕就要回想到家庭的甜蜜咧。

家庭，甜蜜的家庭，里面充塞着无穷的爱，不用你自去追求，自然而然地会给予你的，只要你守你应守的范围，尽你应尽的责任，那么你要慰安，给你慰安；你要幸福，给你幸福。你可安然做这小天国中的皇帝，决没有人来推翻你。

我们因鉴于家庭与各个人的关系的重要，因此有《新家庭》杂志之作，每月出版一次，参考美国 *Ladies Home Journal*、*Woman's Home Companion*，英国 *The Home Magazine*、*Modern Home* 等编制，从事编辑。一切材料，都求其新颖有味，成为家庭中最良好的读物。如荷读者随时赐教，无任欢迎。

（选自1932年1月上海《新家庭》月刊第1卷第1号"创刊号"）

《爱之花》弁言

　　大千世界一情窟也，芸芸众生皆情人也。吾人生斯世，熙熙攘攘，营营扰扰，不过一个情罗网之一缕。情丝缚之，春女多怨，秋士多悲。精卫衔石，嗟恨海之难填；女娲炼云，叹情天其莫补。一似堕地作儿女，即带情以俱来，纵至海枯石烂而终不销焉。爱译是剧，以与普天下痴男怨女作玲珑八面观，愿世界有情人都成了眷属，永绕情轨，皆大欢喜，情之芽常苗，爱之花常开。

（选自 1911 年 9 月 25 日上海《小说月报》月刊第 2 卷第 9 号）

《紫兰花片》弁言

春暮，紫兰零落，乞东皇少延其寿不可得也，遂拾花片葬之净土。索居寡乐，则以文字自遣，晨抄暝写，期月成帙，即颜之曰《紫兰花片》。清诗人彭甘亭论诗句云："我似流莺随意啭，花前不管有人听。"意在自娱，不解媚俗，《紫兰花片》之作亦窃持斯旨焉。

壬戌仲夏周瘦鹃识于紫罗兰盦。

（选自 1922 年 6 月 5 日上海《紫兰花片》月刊第 1 集）

《紫罗兰盦小丛书·小小说选》弁言

不慧束发受书，即喜读小说，举中外名家之作，浏览殆遍，兴之所至，几忘寝馈，家人以为痫。罢学而后，即亦东涂西抹，效为小说家言。而孤陋寡闻，无当大雅，行自惭也。日者，纂辑《紫罗兰盦小丛书》，偶得友朋短篇作品若干，篇篇不足二千言，而情文兼至，不落凡近，是诚能以少许胜者，心焉好之。穷数日，夜力从事，选辑得二十篇，汇为一编，曰《小小说选》，不分卢前王后，以篇幅短者居前，较长者列后。旧作《等》因读者多谬相推许，故亦选入。其所以蓦然居首者，则以篇幅最短故也。书成之日，秋花正烂开，瓷盎中五色凤仙一枝袅袅欲笑，似与吾书中群贤之心血相为妩媚者。把笔一笑，拉杂书此。

癸亥孟秋，吴门周瘦鹃识于紫罗兰盦。

（选自《紫罗兰盦小丛书·小小说选》
1923 年 9 月上海大东书局初版）

《快活》祝词

　　《快活》出版，找我做一篇描写快活的小说，我本想快快活活地做一篇，叵耐事情太忙了，想不出好意思来。要快活，竟不能快活，只得怀着一肚皮的不快活勉勉强强说几句祝颂《快活》的话。

　　现在的世界，不快活极了。上天下地充满着不快活的空气，简直没有一个快活的人。做专制国的大皇帝，总算快活了，然而小百姓要闹革命，仍是不快活。做天上的神仙，再快活没有了，然而新人物要破除迷信，也是不快活。至于做一个寻常的人，不用说是不快活的了。在这百不快活之中，我们就得感谢《快活》的主人，做出一本《快活》杂志来，给大家快活快活，忘却那许多不快活的事。我便把一瓣心香，祝《快活》长生，并敬《快活》的出版人、《快活》的印刷人、《快活》的编辑人、《快活》的撰述人、《快活》的读者皆大快活，秒秒快活，分分快活，刻刻快活，时时快活，日日快活，月月快活，年年快活，永永快活。

（选自1923年3月上海《快活》旬刊第1号"创刊号"）

祝《社会之花》

　　香国中万紫千红，热闹极了。每年春夏秋冬，总有许多嫣姹红紫的好花，争艳斗妍地开出来，点缀这灰暗枯寂的世界，顿觉得世界美丽了。人生才平添了许多乐趣！

　　花的种类很多很多，色香兼备而又毫无缺憾的，却很少很少。紫罗兰花有色有香，那种明艳的紫色和幽媚的香味，都非常可爱，可惜寿命不长，一会儿就憔悴了。

玫瑰花也有色有香，西方人尊为花后，可惜有刺刺手，也是一种缺憾。莲花、百合花亭亭独立，美是美极了，可惜香味欠缺些。所以好花虽多，总没有一枝十全十美的花。

如今文艺界中，却有一枝十全十美的好花开出来了。有一等一的色，一等一的香，却又不像紫罗兰的短命、玫瑰花的有刺。这朵花芳名叫什么？就叫做《社会之花》。

这《社会之花》的种花人是王钝根，他是十多年种"花"的老手了，当然很爱护培植这枝初胎的奇花，一天茂盛一天。我就在这儿掬着一瓣心香，很虔诚祷祝道：天地无尽，《社会之花》常开！

（选自1924年1月5日上海《社会之花》旬刊

第1卷第1号"创刊号"）

五百号纪念的献词

　　一个潮头打过来，一个潮头打过去，加以风狂雨暴，助澜推波，一艘船在中间行驶，倘不是船身坚固，船老大有能耐，如何对付得了，到头来不免樯摧楫折，卷到海底里去了。《上海画报》也好像是艘船啊，开驶到如今，已是五百次了，经过了多少次的骇浪惊涛，挨过了多少回狂风暴雨，总是一帆风顺，安安稳稳地驶过去。这果然是由于旧船主毕老板当初造船时造得坚固，而新船主钱老板的有手腕，有魄力，尤其是人人公认的。在下不自量力，居然也曾当过一任船老大，可是缺少航海经验，吃力不讨好，险些打翻了船，幸而钱老板一到，立时转危为安，竟好似春水船如天上坐了。如今船主与新船老大通力合作，一往直前，航线的进展，日胜一日，到今天便兴高采烈地举行起开驶五百次的纪念式来。在下虽已洗手不干，而眼见得我们老船如此顺利，也不由得要曲踊"五"百，距跃"五"百（三百不够）的赶去祝贺一番咧。

炯按：倚虹未故时，愚等接到是报，即推瘦鹃先生主持编辑，赖以不坠，尤以客岁危疑震撼之秋，幸得鹃公从容坐镇，否则斯船已沉，安有今日之纪念哉？

（选自 1929 年 8 月 24 日《上海画报》三日刊
第 500 期第 3 版）

《福尔摩斯新探案全集》序

英国柯南道尔先生之《福尔摩斯侦探案》蜚声世界久矣。其长短篇诸名作，欧美各国，迻译殆遍，即吾国亦已大备，嗜侦探小说者，几乎人手一编焉。中华书局之《福尔摩斯全案》，采译最广，蔚为大观。其欧战以后诸新著，如吾友舍我所译《皇冕宝石》，与拙译之《雷神桥畔》《匍匐之人》《吮血记》等，皆短篇，曾刊载予所主之《半月》杂志。别刊单本，沧海差无遗珠矣。比者南沙张蕨苹先生，忽又译得柯氏旧作《孪生劫》一书，为《福尔摩斯全案》中所未备，其情节之诙诡奇谲，殊不亚于《血书》《罪薮》《獒祟》诸书，校读之余，叹赏靡已，爰亟为付刊，以示同好。

（选自《福尔摩斯新探案全集》1925年12月上海大东书局初版）

《花果小品》序

不慧生平无他嗜，爱花果最焉。年来百忧内炅，邑邑不乐，所赖以慰情者，厥惟花果。每当笔耕之暇，辄归就小园，把锄于花坛果圃之间，用以忘忧，而忧果少解。苏东坡所谓时于此中得少佳趣者，信哉。不慧于花中最爱紫罗兰，二十年来，魂牵梦役，无日忘之，洎移家吴中，庭园间植之殆遍，春秋花发，日夕领其色香，良惬幽怀。舍紫罗兰外，其他奇花异草，亦多爱好，不能毕举。而于四时果木，尤喜栽植，盖花时既可娱目，一旦结实，复足餍口腹之欲。田园风味，要非软红十丈中人所克享受也。不慧以爱好花果故，兼爱有关花果之诗词文章，平昔搜集所得，灿然成帙。而于逸梅小品，亦独爱其侈述花果之作，每一把诵，似赏名花而啖珍果，坛坛有余味，尝从臾之，辑为专集，以贻同好。睹逸梅书来，云已汇为一编，问世有日，愿得一言以弁其首。不慧奉书喜跃，欲快先睹，率书数语以归之。是为序。

甲戌孟冬，吴门周瘦鹃序于紫罗兰盦。

（选自《花果小品》1935年4月10日上海中孚书局初版）

说瓠·《亡国奴之日记》跋及创作前后

往岁，予感于五月九日之国耻纪念，尝有《亡国奴之日记》一作，举吾理想中亡国奴之苦痛，以日记体记之，而复参考韩、印、越、埃、波、缅亡国之史俾资印证，深宵走笔，恍闻鬼哭声，而吾身似亦入于书中躬被亡国之苦，纸上墨痕正不辨是泪是血也。书仅万余言，而亡国奴之苦况书写殆尽，开端有二语曰："前此，有国之时，弗知爱国，今欲爱国，则国已不为吾有。"故愿吾国人乘此祖国未亡之际共爱其国，幸勿谓作者之无病而呻也。篇末有《跋》语，录之以见予怀：

　　周瘦鹃曰：吾草斯篇，吾悄然以思，悁然以悲，扱然以惧，吾心痛如寸劙，吾血冷如饮冰，吾四肢百体亦为之震震而颤。吾乃自疑，疑吾身已为亡国奴矣，魑魅魍魉环伺吾侧，一一加吾以揶揄。于是吾又抚躬自问，问吾祖国其已亡也耶？然而此"中华民国"四字固犹明明在也；吾祖国其未亡也耶？则一切主权奚为操之他人？而年年之五月九日又奚为名之曰"国耻纪念日"？吾尝读越南、朝鲜、印度、缅甸、埃及、波兰之亡国史矣，则觉吾祖国现象乃与彼六国亡时情状一一都肖，吾因不得不佩吾国人摹仿亡国何若是其工也！于是，吾又悄然以思，悁然以悲，扱然以惧，设身为亡国之奴，而草此《亡国奴之日记》。吾岂好为不祥之言哉！将以警吾醉生梦死之国人，勿应吾不祥之言陷入奴籍耳。尝忆十年以前英国名小说家威廉·勒勾氏草《入寇》一书，言德意志之攻陷英国。夫以英之强，勒勾氏尚发为危辞警其国人，今吾祖国之不振如是，则此《亡国奴之日记》又乌可以不作哉？吾记告成，乃在凄风苦雨之宵，掷笔汍澜，忧沉沉来袭吾心。惝怳中似闻痛哭之声匝于八表，并有大声发于天，曰："是，汝祖国之魂也，方在泥犁中哀其子孙加以拯拔耳！"国人乎，汝其谛听！

瘦鹃又曰：此日记理想之日记也，吾至愿此理想永为理想。

原篇见中华书局出版之《瘦鹃短篇小说》。

民国八年五月，青岛问题起，国人愤激万状。予因请于中华书局局长陆费伯鸿先生。别刊单本行世，每册售值五分，以中国纸印，叠版数次，凡销去四五万册。然则吾国人心目中殆亦知亡国之可惧也。

（选自 1922 年 6 月 5 日上海《紫兰花片》月刊第 1 集）

《游戏世界》的发刊词

今年不是五德公当位么？"雄鸡一声天下白"，应该把猢狲玉狡诈的居心，敷衍的积习，得过且过的光景，洗刷一洗刷，变换一变换，才算称那五德公的徽号呢。——列位！我虽是个书贾，也是国民一分子，自问也还有一点儿热心！当这个风雨如晦的时局，南北争战个不了，外债亦借个不了。什么叫做护法？什么叫做统一？什么叫做自治？名目固然是光明正大的，内中却黑暗的了不得！让他虚虚实实，真真假假，有权有势的人，向口头，报上尽力去干；这向来是轮不到我们的——我们无权无势，只好就本业上着想，从本业上做起：特地请了二三十位的时下名流，各尽所长的分撰起来，成了一本最浅最新的杂志，贡献社会。希望稍稍弥补社会的缺陷！这就是本杂志的宗旨——曾记得《论语》上有那"游于艺"这一句话，又记得《毛诗》上有那"善戏谑兮，不为虐兮"这两句话，我就断章取义的，把他这两个字，做了我这本杂志的名字。——但是这两个字，我们中国一般咬文嚼字脑筋内装满头巾气的老师、宿儒，向来把这两个字当作不正经代表的名词；教诲子弟，当作洪水毒兽的警戒。我若不明白一番，不但我这本杂志的宗旨埋没了，而且孔圣人同那诗人这几句话，都变成坏话了——列位！须知道孔圣所说的"游于艺"，就是三育中发挥智育的意思。诗人所说的"善戏谑兮"，就是古来所说"庄言难入，谐言易听"的意思。可见这两个字，真是最正经的。——说到这里，我还有那西来的学说，做个极精确、极明白的证据。西人许多哲学大家，也曾把游戏的原理、游戏的价值研究过多少次数，讨论过多少次数。有的说游戏出于精神充溢的，有的说游戏根于祖先遗传的，有的说游戏由于能力练习的。三个说头各有不同的焦点。分别起来，第三说的理由，比较那第一说、第二说，却占优胜一点。他说："游戏的起源，是从本能而生的。本能的发达，又是跟游戏而出的。"就这几句话推想起来，游戏的方法，游戏的种类，我也说不了的许多。——大概当分为二种：一种是关于心意的，一种是关于筋肉的。关于心意的，当然入于智育范围；关于筋肉的，当然属于体育范围。——我们这本杂志，就同人的知识，同人的经验，东掇西拾地杂凑起来，似乎尚在那"筚路褴褛""草昧开辟"的时代。——但是宗旨所在，就那智育上、体育上能得稍稍有点儿发明，增进游戏的本能，为社会将来生活的准备，借此鸡口的"詹詹之言"，唤醒那假惺惺的护法家、统一家、自治家，牛后的大吹特吹，这不是本杂志的"不鸣则已，一鸣惊人"么？

（选自1921年6月上海《游戏世界》月刊第1期"创刊号"）

《申报·儿童周刊》发刊词

　　宇宙间的一切，不外乎生息于三个时期以内：过去，现在，未来。人之常情，总是感伤着过去，不满于现在，而希望着未来。那么，让我们来抓住未来吧！

　　儿童，是未来的代表者，所以我们对于未来的一切希望，也就整个儿属于儿童们的身上。我们是渐渐地老了，不中用了，眼瞧着这内忧外患相煎相迫的祖国，除了摇头太息外，谁也想不出一个挽救的方法来。所希望

紫罗兰盦序跋文

者，只得希望我们的富有朝气的儿童们，将来都能把救国救民的一副重担，挑在他们的肩头，仗着大刀阔斧，杀出一条生路来，使我们这可怜的祖国，终于有否极泰来的一天。

可爱的儿童们啊，你们是我们绝望中的一丝希望，黑暗中的一线光明！我们目前虽是沦陷在地狱之中，却期待你们快快长大起来，拯救我们。你们是祖国的未来的主人翁，你们的责任是何等的重大！

然而，你们现在还是在幼小的时代，如花含苞，如日方升，甚么都需要我们的扶助与爱护。可是我们自愧力量薄弱了，只能在每星期日刊行这一纸小小的儿童周报，贡献于我们亲爱的小朋友，给你们每星期日在跑跳玩笑之余，多一种有兴味的读物。小朋友们啊，我们掬着十二万分的至诚，祝你们智、德、体三育同时并进，进步无量！

（选自 1933 年 12 月 10 日《申报》第 13 版）

《乐观》发刊词

　　我是一个爱美成癖的人，宇宙间一切天然的美，或人为的美，简直是无所不爱。所以我爱霞，爱虹，爱云，爱月。我也爱花鸟，爱虫鱼，爱山水。我也爱诗词，爱书画，爱金石。因为这一切的一切，都是美的结晶品，而是有目共赏的。我生平无党无派，过去是如此，现在是如此，将来也是如此；要是说人必有派的话，那么我是一个唯美派，是美的信徒。可是宇宙间虽充满着天然的美和人为的美，叵耐不幸得很，偏偏生在这万分丑恶的时代，一阵阵的血雨腥风，一重重的愁云惨雾，把那一切美景美感，全都破坏了。于是这"唯美派"的我，美的信徒的我，似乎打落在悲观的深渊中，兀自忧伤憔悴，度着百无聊赖的岁月。

知我者谓我心忧，不知我者谓我何求？有些乐观的朋友，都笑我无病呻吟，而以"乐观"为劝；可是悲观者终于悲观，无论人家怎样劝慰，总觉得跼天蹐地，无从乐观起来。于是另有几位热肠的前辈先生，来探讨我悲观的病源，结果却说：平日间太空闲了，太空闲就多思虑，多思虑就要引起悲观来；不如给些事情你做做，使你忙得没有思虑的工夫，也许可以医好你的悲观病。因了这个动机，立时决定办一个杂志，就定名为《乐观》，把发行、编辑的两副重担，一起搁在我的肩上，真的要使我忙不过来，再也没有思虑的工夫了。回想我在往年，曾编过《半月》《紫罗兰》《新家庭》《紫兰花片》诸刊物，那时兴高采烈，不知困难为何物。可是匆匆十余年，此调不弹久矣；如今故调重弹，便觉手生荆棘，触处都感到困难，那就不得不期望一般文艺界老朋友援之以手了。

我因爱美之故，所以对于这呱呱坠地的《乐观》，也力求其美化，一方面原要取悦于读者，一方面也是聊以自娱；并且可把这"乐观"二字，当作座右铭般，时时挂在我的眼底心头，时时挂在每一个读者的眼底心头，愿大家排除悲观，走向乐观之路，抱着乐观，乐观光明之来临。

（选自1941年5月1日上海《乐观》月刊第1期）

几句告别的话

　　记得在二十八年以前吧，我还是个六岁的小孩子，不幸父亲去世了，可怜我从此便变做了个无父孤儿。为了父亲没留下财产来，家里太穷，因此，我常受邻儿的欺侮，挨了打，只索躲到家里来哭。后来进学堂去读书了，见了师长．果然害怕，就是在同学之中，也得让人三分，在民立中学读了几年书，达到了最高的一班，因病没有参与毕业的考试。承校长先生瞧得上我，唤我在预科中做英文教员，好容易挨过了一年。这一年中，那些小兄弟们见我并没有压服人的声威，也就不加忌惮，致使我的管理，十分棘手，终于辞职而去。脱离了学校之后，就从事于笔墨的生活，一年来东涂西抹，居然能自立了，又于笔头上比较的勤些，我这不祥的名字，常常在报章杂志上出现，居然给多数人认识了。然而十多年来，呕心沥血所得，却多半给亲戚们蚕食了去，使我不得不怀着两叶坏肺，仍在拼命做事。除了赡养一家十余口以外，还要供应亲戚们无厌的诛求，因为我生就是个弱者，不怕我不拿出来的。然而不打紧，好在我的身体还支撑得住，尽管像牛马般做下去就是了，只要办事顺手，辛苦些算什么？不幸我所处的地位，恰恰做了人家文字上的公仆。一天到晚，只在给人家公布他们的大文章，一天百余封信，全是文稿，又为的朋友太多，不能不顾到感情，只得到处讨好，而终于不能讨好，偶一懈怠，责难立至，外界不谅，又因来稿未登，或敷衍未周，而加以种种的责备、种种的谩骂。日积月累的苦痛，一言难尽，便是日常相见的朋友之间，也莫名其妙的会发生了误会，引出许多是非，在我已觉得鞠躬尽瘁，而在人还是不能满意。唉，好好先生做到这个地步，可已做到山穷水尽的地步了。

我和《上海画报》的关系，是发生在亡友毕倚虹先生病重之际，他以报务重托了钱芥尘先生继续维持，而由钱先生以编辑一席托我担任，当时转告倚虹，倚虹很为高兴，在病榻上执了我的手，说《画报》由你担任辑务，必可持久，我的心中得到安慰了。后来倚虹病故，我就一径担任下去，挨过了一年多，觉得自己才力不及，因便交还钱先生自己主编，每期只撰稿一篇，不问他事。到得去年冬间，钱先生以事离沪，便又将编辑、发行等事统交与我，代为主持，一年以来，任劳任怨，苦痛万分，不知不觉的似乎处于养媳妇的地位，谁有了气，都是向我来发泄，而我自己有了气，只索向肚子里咽，无可发泄，加着我对于印刷一切，也有不满意处，早想摆脱了。到了今天，回来的已回来了，摆脱也不妨事了，我自己觉得终于是个弱者，什么事也终于是吃力不讨好的，所以我慢慢地要谋一个退藏于密的办法。第一步从《上海画报》做起，先解决我一部分的苦痛，从此以后，便和期期读我那篇不知所云的文字的读者诸君长别了。敬以一瓣心香，祝读者诸君的康健与快乐！

（选自 1929 年 1 月 12 日《上海画报》三日刊第 431 期第 2 版）

附　录

《儿孙福》的派别

　　《聊斋》一书，所以为人爱读者，因其笔法之佳，用简略的笔墨而作细腻的描写，人称笔记之王。史东山导演作风，向以描写细腻著。而最近导演之《儿孙福》一剧，其手腕愈显灵敏，盖能效《聊斋》笔法作，减省饶头之摄法矣。剧中多暗写法，且常能于一场戏中表几面事情，能于一个近景中表几个人的心情，使观者得深刻之感想与趣味，颇为难能。斯片宗旨，在教人看淡儿孙幸福，以"理智"打破世人成见，可说是一服热病人之清凉剂。

（选自《申报·自由谈》1926年9月28日第13版）

《美容专刊》发刊辞

人间世凡是有灵性的人，天赋与一双亮晶晶的眸子，那决计没有不爱美的东西的。抬起头来，见了天半朱霞，不由得要喊起来道："呀，这是多么美的霞啊！"见了陆离光怪的云片，又不由得要喊起来道："呀，这是多么美的云啊！"夏雨之后，见了那横亘天际的虹影，更要手舞足蹈的惊呼着道："咦，快看快看，这彩虹真好像一条五色的罗带，是多么的美啊！"此外夕阳夜月，绿水青山，也无一不是使人赞美的材料，一到了诗人们美化的笔下，那更要描写得有声有色了。

人们因为天性是爱美的，所以无论男女老幼，莫不知道美的修饰。天然之美，也许有不甚满足的地方，少不得要假借一些人为之美；于是聪明的科学家，发明了种种的化妆品，以应他们的需要。

女子们的爱好天然，自古已然，于今为烈，这是不可否认的事实。虽然古人有"冶容诲淫"的警告，但终不能使女子不爱美；所以化妆品的月异日新，有加无已，也是当然的了。忧时之士，以为女子处于这大时代中，应与男子们共同担荷救国的重任，不该再在美的修饰上用功夫；然而爱美是伊们的天性，无法纠正，在可能范围之中，也不妨让伊们修饰一下，只不要穷奢极欲就是了。

我们出这美容专刊，并不是提倡奢侈，想借此来启示女子们，大家以美容为第一步，进而注意于"精神之美"。怎么叫做"精神之美"呢？便是人格的保持，道德的修养，须于爱好天然之外，做到洁身自好的一步。

（选自《申报·春秋》1939 年 1 月 2 日第 17 版）

小说杂谈（一）

春云残矣，莺声已老，烟梧压窗，风柳攀檐，索居寡乐，无以忘忧，遂有小说杂谈之作。忆云词人有言：不为无益之事，何以遣有涯之生？自遣而已，固不必问事之有益无益也。

小说一道，由来已久。在吾国发轫于汉魏，代有述作。在欧洲，则犹滥觞于耶稣基督降生以前，迄十八、十九世纪而益精。晚近欧美诸邦，竞以小说相炫异，光怪陆离，不可方物。凡有文字之国，殆无不知有小说矣。吾国小说，在汉魏六朝唐宋时，多短篇，作笔记体，名亦不甚著。迨施耐庵《水浒传》、曹雪芹《石头记》出，斯称大观，传至胜清末叶，乃益复脍炙人口。外此虽有名者，然终远在此二书下也。以言小说界人材，则英国最多，法国、美国次之，俄、德又次之。其他意大利、西班牙、瑞典、日本诸国，虽有名家，不过一二人而已。以言文字，则一般人多推法国为最，英、美次之。法之作者，文字多极纤丽，有非英国作家所能及者。而黄钟大吕之音，则终推英国。盖英国如中闺命妇，仪态端重，示人以不可犯。法国则如十八九好女儿，回眸送笑，作殢人娇态也。美国以清新隽逸见长，如裘马少年，翩翩顾影。俄、德亦极质实，悃愊无华，如老名士然。其他诸国，各有所长，各有所短。而小说之盛，亦殊不逮英、法、美、俄诸国也。

小说家以英国为多。就中名者，殆远过孔子门下七十子之数。其尤著者，则如彭扬（J.Bunyan）、谭福①（D.Defoe）、古尔斯密（O.Goldsmith）、菲尔亭

---

① 即笛福。

（H.Fielding）、施各德（W.Scott）、兰姆（C.Lamb）、哀立哇（G.Eliot）、山格莱（W.M.Thackeray）、狄根司（C.Dickens）、李特（Reade）、史蒂文逊（L.Stevenson）、哈葛德（B.Haggard）、柯南道尔（A.Conan Doyle）诸家。法国名家,则有伏尔泰（Voltaire）、嚣俄（V.Hugo）、乔治山德（George Sand）、白尔石克（H.Balzac）、大仲马（A.Dumas Pere）、小仲马（A.Dumas Fils）、陶苔（A.Daudat）、查拉（E.Zola）、毛柏桑（G.De Maupassant）、梅立末（P.Merimee）诸家。美则有欧文（W.Irving）、霍桑（N.Hawthorne）、波（E.A.Poe）、施土活夫人（Mrs.Stowe）、马克·吐温（Mark Twain）、哈脱（B.Harte）诸家。俄有托尔斯泰（L.Tolstoi）、杜瑾纳夫（L.Turgeajeff）、盎崛利夫（L.Andreef）。德有贵推（J.W.Goetbe）、欧白克（B.Auerbach）、施柏海根（F.Spielhagen）。意大利有法利那（S.Farina）。西班牙有山尔文咨①（Cervantes）。瑞典有史屈恩白（A.Strindberg）。日本有德富健次郎。凡此诸子，均与一

---

① 即塞万提斯。

代文化，有莫大之关系。心血所凝，发为文章。每一编出，足以陶铸国民新脑。今日欧美诸邦之所以日进于文明者，未始非小说家功也。

（选自《申报·自由谈》1919 年 5 月 31 日第 15 版）

小说杂谈（三）

英国近世名小说家，舍柯南道尔、哈葛德二氏外，端推威廉勒勾氏（William Le Queux）。氏以奇情小说见长，极酣畅淋漓之致。旁及外交奇案、间谍逸史，亦复俶诡可诵。予尤赏其《入寇》Invation 一书，足令人惊心动魄，几疑其为实情实事也。书为理想小说，略谓某年德国入寇英伦，全国糜烂。世界第一名城之伦敦，竟沦为德意志兵牧马之场。其描写兵燹之惨，历历如真，读者几若置身影戏场中，观大战之影片者。然尔时尚在十年以前，方英国鼓舞承平时也，乃不数年而欧洲大战起，虽血战五稔，英伦无恙，而战中事状，间有为氏所言中者。其目光之远大可知矣。此书本旨，在掊击陆军，令加改革，并以警惕举国国民，知所戒备。其意甚盛。英国名将劳勃志贵族（Lord Roberts）尝为之序，深加赞叹。盖所谓有功世道人心之作者，此书其当之无愧矣。闻氏于著述之先，尝旅行国中要隘，历时四月，历程一万余里。其于军队之布置，军港之设备，无不细事研究，而由军事学家为之指点，其价值之大，非寻常小说家言所可比拟。书既成，国人无不感奋，销行至数十万册。天笑、觉我尝译之，易其名曰《英德战争未来记》，颇明洁可诵。吾国不乏作者，有能师其意，草一《中国覆亡记》者乎？则其警觉国人之力，不殊释迦佛作大狮子吼也。

（选自《申报·自由谈》1919 年 6 月 8 日第 15 版）

小说杂谈（六）

　　小说家之笔，犹社会中之贤母，往往能产出一二英物，为世称颂。吾于欧美小说家中，得数人焉。一曰谭福（D.Defoe），于其笔端产生一漂流荒岛之鲁滨生。其写风涛，写鸟兽，写鲁滨生，皆有龙骧虎跃之观。于是后之读者，咸深信世间有此大冒险家鲁滨生。实则谭福笔端及理想中之肖子而已。西班牙大家山尔文咨

（Cervantes），作《堂堪克素传》^①（*Don Quixote*），于其笔端产生一戆侠客堂堪克素，嬉笑怒骂，皆成文章。吾国虽无有知之者，试执欧美人而问之，则类能言堂堪克索事。是又山尔文咨笔端及理想中之肖子也。施各德以小说而得北方雄狮之称，而此雄狮亦有肖子，曰挨文诃（Ivanhoe），即所谓撒克逊劫后之英雄也。吾人读其书，每觉挨文诃之壮概，与剑气刀光，飒飒动行墨间。是又施各德笔端及理想中之肖子矣。狄根司^②之《大卫柯伯菲尔》（*David Copperfield*），实为自己写照，不能目为彼笔端产生之肖子。然其《二城古事》（*A Tale of Two Cities*）中之侠少年西特奈卡顿（Sidney Carton），柔肠侠骨，并足动天地而惊鬼神。世之读其书者，咸为泣下。是非又狄根司笔端及理想中之肖子耶？美国大家波氏（E.A.Poe），于笔端产生一大侦探杜宾（Dupin），遂为后来侦探小说之先河。凡言侦探者，胥以杜宾为法。然则杜宾又波氏笔端及理想中之肖子也。欧文（W.Irving）作笔记，风行一世，亦于笔端产生一肖子，曰李迫樊温格尔（Rip

---

① 即《堂吉诃德》。
② 即狄更斯。

Van Winkle)。十年一梦，令天下怕妇者咸开笑口。人读笔记，必啧啧称樊温格尔。是又欧文笔端及理想中之肖子也。近人如柯南道尔，于笔端生子三人。伯曰福尔摩斯，为大侦探，一言一行，已为世所共知。仲曰遮那德，为拿破仑麾下一裨将，述其事者短篇二十种，虎虎有生气。叔曰夏伦杰博士（Prof.Challenger），为一探幽讨奇之科学家，屡于《失世界》（The Lost World）等书中与世相见，名几与伯埒。之三子者，均柯南道尔笔端及理想中之肖子也。最奇者莫如法人勒勃朗（M.Leblan），忽于笔端产生一剧盗亚森罗苹（Arsene Lupin），叫嚣跳踉，傲诡无匹。耗其半生心血，著十余书，皆为亚森罗苹张目，且战福尔摩斯而败之。吾人读其书，精神立奕奕振。是亚森罗苹亦勒勃朗笔端及理想中之肖子也。其在吾国，则施耐庵之一百零八人，曹雪芹之贾宝玉林黛玉，亦一一皆肖子也。或曰，然则子为小说，亦尝于笔端产生一二肖子否？予曰：吾笔尚在处女时代，生子与否，须□□□（按：原文缺）以后。而生子之贤不肖，亦尚在不可知之数耳。一笑。

（选自《申报·自由谈》1919 年 7 月 2 日第 14 版）

小说杂谈（九）

凡作一小说，于情节文字外，当注重名称。名称之佳者，能令人深浸脑府中历久不忘。欧美小说家，于名称似颇注重。然大抵以质直为贵，振笔直书，不加雕琢。如施各德之《挨文诃》，狄根司之《大卫柯伯菲尔》，均以书中主人之名作名称。乃一经中土译手，则不得不易其名为《劫后英雄略》，为《块肉余生述》。苟仍原名，则必不为读者所喜也。盖吾国小说名称，率以华缛相尚：如《红楼梦》《花月痕》等，咸带脂粉气，苟能与书中情节相切合，则亦未尝不佳，较之直用书中人姓名动目多矣。欧美小说名称，其质直尚不止此。亦有以一部分之屋为名者，如狄根司记孝女耐儿，但名其书曰《老骨董肆》（*The Old Curiosity Shop*），施土活夫人（Mrs.Stowe）写黑奴惨况，但名其书曰《汤姆叔父之小木屋》（*Uncle Tom' s Cabin*）。范围甚小，而用以笼罩全书。二书复同负盛名，为世传诵。苟吾人试易《红楼梦》为《贾氏之园》者，读者不将哗笑耶？晚近小说，其名称之佳者，吾数《梅花落》《空谷兰》，二者均含诗意。《红礁画桨录》亦佳，惜太廓，不足以括全书，盖不过书中二主人遇合时，在红礁下一扁舟中而已。《血华鸳鸯枕》颇妙，"鸳鸯枕"三字之上，忽着"血华"二字，大足耐人寻味。《香钩情眼》四字失之太艳，几令人疑为淫书。五六年前，吾国自撰小说，其言情者，命名每不脱"波""影""怨""魂""潮""泪"等字，一时荡为风气。且每名必三字，鲜有四字五字者。今长篇小说，人不多作，此风亦少替。短篇小说，命名较易。予之所自鸣得意者，有《花开花落》《玫瑰有刺》《良心上之裁判》诸名称。近颇好用两字之名称，如《心照》《惆怅》《哀弦》《桃匽》《情诠》《懊侬》等，不一而足。脱用之于长篇小说，即觉不甚适宜。不若欧美长短篇小说，名称可彼此混合也。海上当小说杂志盛行时，短篇小说，多以昔人诗句为名称。而始作俑者予也。时予草一短篇哀情小说，苦思不得佳名，偶忆"恨不相逢未嫁时"句，因以名之。厥后又有《遥指红楼是妾家》《无可奈何花落去》《似曾相识燕归来》诸作，往往强以情节凑题，可怜亦复可笑。他人效而尤之，以为新奇，唐诗三百首，几于搬运以尽。后且恶俗不可耐，读者嗤之。是所谓学我者死，殊不可以为训也。

（选自《申报·自由谈》1919 年 8 月 16 日第 14 版）

惊才绝艳之《少奶奶的扇子》

溽暑困人，镇日如坐洪炉中。而四日午后之中央大戏院舞台上，乃有一扇焉，能拂暑解热，令人兀坐至四五小时之久而不知困倦者。厥扇维何，曰上海妇女慰劳会诸闺秀与戏剧协社诸君子所合演之《少奶奶的扇子》，虽属试演，而成绩斐然。予于欢喜赞叹之余，摭拾是日见闻，笔之于书，曰惊才绝艳者，盖美之也。

脂粉狼藉之女化妆室　三时许，老友朱瘦菊、陆洁二子过我，偕往中央，遇杨子吉孚，以参观化妆室见邀。因入后台，拾级登梯，先过男化妆室，应云卫君、杨惠罗君、袁伦仁等，化妆正忙。更上一层楼，即为女化妆室，洪深君方为钱剑秋女士化妆，初敷以油，继益以粉。唐瑛女士方盥面，皂蒙其目。点首相招呼。栗六可半小时，唐女士与郭泰祺夫人等皆陆续化妆，案头脂粉狼藉，浓芬袭人衣袂间也。

云裳公司之新装束　开幕已四时许，一客室位置楚楚，华灯四灿。饰少奶奶之唐瑛女士，姗姗登场，御一玄绸之衣两袖紧束，上黑而下火黄，右腰际缀一彩色巨花，下垂一绅。绅之端，缘以火黄色与金缕之边，艳冶夺目。江子小鹣语予曰："此云裳公司之新装束也，图样亦由我制，尚称惬意。"第二幕唐女士易舞衣，由白色而晕为浅绛，袒两臂，摺领作圆形，胸际绣一镂空之花，艳雅可喜，亦江子为之规画者。予起贺曰："云裳发轫伊始，有此良好成绩，他日其门如市，可预卜焉。"

冰雪聪明之唐女士　《少奶奶的扇子》中全用国语，而国语殊不易学。唐瑛女士向操苏语，学国语尤难，乃一经发吻，居然神似。其初发音较低，而电扇复习习作声，台下几不辨其作何语。厥后电扇停，声亦渐高，十排以后，听之了了。而表演之细腻熨贴，犹如初写黄庭，恰到好处，无过与不及之弊。此红氍毹上之少奶奶，真足以代表今日新家庭中一般根性良善而意志薄弱之少奶奶矣。

初度登台之奇迹　唐瑛女士已可谓为初度登台之奇迹矣。外此尚有二人，足称奇迹者，则饰陈太太之郑慧琛女士（郑毓秀令妹）与饰刘伯英之郭德华君也。二君发语明晰，态度自然，描写一喜管闲事之长舌妇人，与一浮浪而又持重之青年男子，神妙欲到秋毫颠矣。郭君于第二幕中向少奶奶求情道"我爱你"三字时，情态少欠热烈，忆曩者洪深君饰此角，作此语时，喉际发微声，似咽似吐，一若欲语又止也者，真传神阿堵之作也。

花团锦簇之二舞衣　谭徐霞青夫人与戴竹书女士，分饰朱太太女士二角。二女士平昔颇活泼，而临场中怯，发音略低。所御舞衣绝艳丽，谭夫人衣作紫罗兰色，戴女士衣作水红色，皆有金银丝交纠蒙络其上，花样甚美。孔雀开屏，无此华艳也。他如饰陈秀英之孙杰女士，饰张亦公姑母之郭夫人，饰菊花之张培仙女士，但能称职。

几个老斫轮手　饰徐子明之洪深君，饰金女士之钱剑秋女士，饰张亦公之应云卫君，饰李不鲁之袁伦仁君，饰吴八克之陈笃君，均戏剧协社健者，表演爱美剧之老斫轮手也。洪君平日遇事皆抱认真态度，于演剧尤认真，自是不凡。钱女士之金女士，表演真挚，夙负盛誉，唯鄙意所御舞衣，似觉稍短，宜易一较长而较宽博者，以见其为落落大方。黄文农君谓钱女士发甚美，不必束钻箍，予亦云然。第三幕旅舍劝女时，"天下做母亲的心，总是一样的。"凄属哀切，闻之心动。至应袁之能言善辩，陈君之突梯滑稽，均如果中荔枝，隽永可味也。中有数幕，均经黄之梅生摄影，第在电灯之下，光线未善，不知能使未观此剧者一饱眼福否。

（选自《申报·自由谈》1927 年 8 月 6 日第 16 版）

哀艳雄奇的《潘金莲》

　　上星期六午后四点半钟光景，我上爱文义路卡德路口的电车站去，却见许窥豹君先已等在那里。我问他："上哪里去？"他回说："看《潘金莲》去。"他问我："上哪里去？"我也回说："看《潘金莲》去。"可真是不约而同，于是同搭一路电车，同往天蟾舞台看这哀艳雄奇的《潘金莲》去了。

　　这天是艺术大学筹措经费，假座天蟾表演京剧，定名云霓大剧会，有刘奎官、王芸芳、高百岁、刘汉臣诸名伶各演得意之剧。我们进场时，恰正是恩晓峰女公子佩贤女士客串打花鼓，身段表情都好，可惜嗓子低了一些，那"好一朵鲜花"的妙唱，就有些不甚了了。票友王泊生君的《逍遥津》，调高响逸，几声"欺寡人"，很觉动听。最后的一出，便是人人所想望的《潘金莲》，此剧是欧阳予倩君新编的五幕歌剧，由狮子楼武松杀嫂改编而成，翻陈出新，引起了艺术界的注意。

潘金莲一角，由予倩君自饰，是尽力地描写一个失意于婚姻而情深一往的少妇，直把伊相传下来淫毒而狠恶的罪名，一起洗刷干净了。伊对王婆说的一番慨叹的话，说"女子还是早死的好，年少时仗着美色，尚可博得男子们的爱，一旦年老色衰，便没有人爱了，所以还是早死为妙"。又说"少年美貌的女子都死完了，便可让男子们难受难受"，都名隽得很。其与西门庆调情并引起心爱武二郎的话，极为细腻。当西门庆听说爱武二，便怒极欲行，伊却宛转陈辞，说"这番话是特地试试你的，你要是吃醋，才是真心爱我，倘不吃醋时，那就不爱我了"，座中女客听到这里，颇有为之忍俊不禁者。末尾武

紫罗兰盦序跋文

松横刀将杀潘金莲时，说要挖伊的心，伊很从容的袒开酥胸来，对武松说道："这雪白的胸膛里，有一颗很热烈很诚恳的心，本来早就给你的了，你不肯拿去，只得保留着。如今你要拿去么，那再好没有。好二郎呀，你慢慢地割罢，好让我多多的亲近你。"这是何等哀艳、何等热烈的话。而其以毒杀武大，归罪于张大户之强主婚事，更于婚姻不自由一端，痛下针砭。看戏至此，便不觉得潘金莲之可恨可杀，而转觉潘金莲之可怜可悯了。

　　周信芳君之武松，豪情壮概，虎虎如生。即使武松再生，想也不过如此。我以前所见武松多矣，未有如此君之壮快淋漓表情真切者。最后下刀杀潘金莲时，说"你爱我，我爱我的哥哥"一语，斩钉截铁而出，余音袅袅，使人常留耳根，不易忘却。老友正秋，对于此剧最激赏信芳，确有见地。他如高百岁之西门庆，周五宝之王婆，焦宝奎之何九，也能尽心表演，不偷懒，不过火，难能可贵。

（选自《上海画报》1928 年 1 月 12 日第 312 期第 3 版）

《美人关》之回忆

　　方愚十七岁时，读于民立中学，家贫，慈母以针黹赡一家，时虞不足，因悢焉忧之。时寓城内县西街之洽升弄中，以一千六百钱税三小室以居。愚所宿室外，有隙地一弓，野花偶开，姹娅欲笑；麻雀三两，恒往来飞鸣其间。愚夙兴夜寐，辄凭窗独坐，月注天际，沉沉作深思，思所以纾母氏忧者。时小说潮流，已见其端，商务印书馆之《小说月报》已出版，由王蓴农先生主其事，愚每积慈母所赐点心钱，购一二册读之，醇醴若有至味。平日则复喜读《时报》中所刊冷、笑二公小说，日剪存之，目为珍宝，课余之暇，亦居然有述作之志。会暑假，偶于邑庙冷摊上得《浙江潮》杂志一册，中有笔记一篇，记法兰西神圣军中将法罗子爵之夫人曼茵与少将柯比子爵之恋爱事，颇哀艳动人心魄。思取其事衍为小说，继念小说不易作，未敢轻试，见《小说月报》中刊有剧本，似较小说为易办，于是葫芦依样，从事于剧本之作，晨钞冥写，孜孜不倦，积二十日而成八幕：曰绿荫絮语；曰死美人复活；曰夜半无人私语时；曰春光泄漏；曰千种相思向谁说；曰可怜无定河边骨；曰情人之心肝；曰这一番花残月缺。题以名曰《爱之花》，自署"泣红"，盖当时尚未以"瘦鹃"为名也。杀青之日，私心窃喜，亟邮呈《小说月报》王莼农先生，媵以一函，复署赝名曰汪崇臣。居旬日，日日如大旱之望云霓。一日慈母方浣衣，忽有急足赍银函至，云自商务印书馆来，交汪崇臣先生者，母殊错愕，以"此无汪"对，时愚方在内室中作冥想，闻声亟跃起，趋受银函，发之，则钞洋十六元。愚自有生以来，此为第一次以辛劳易钱，为数虽微，而乐乃无极，继以颠末白慈母，分十四元作家用，而自留二元为购书之用。由是愚遂东涂西抹，以迄于今。十余年来，竟以文字为生涯矣！此剧本为愚处女之作，情节虽有所本，亦殊平凡，文字更不足道，其言情处，浓艳而热烈，盖当年风尚使然，今日读之不期为之肤栗矣。已而郑子正秋、朱子双云等，创新民新剧社于海上，撷取遗闻轶事及稗官家言编为新剧。愚与天笑先生暇则过从其间，因与郑、朱等稔。一日，郑子语愚，谓在汉口时，汪子优游、王子无恐等，曾取君所编《爱之花》剧本演之红氍毹上，易名曰《儿女英雄》，颇得鄂中人欢迎。愚闻之大悦，嬲之一演，郑子慨允，会汪、王诸子均在新民，遂以王饰中将，汪饰少将，王惠声君饰曼茵，哀艳热烈，一如愚之剧本。而声容并茂，则迥非吾之死文字所能企及也。如是多年，新剧衰落，而此剧传布已广，时复于游戏场之戏剧班中一见之。每念当年处女之作，碌碌无足称者，乃因汪、王诸子之介，得以流传久远，未尝不自惭于中也。

去岁秋，杨耐梅女士以师事欧阳予倩君宴客明星公司，愚亦被邀，席间晤郑子正秋，抵掌谈旧事，以为笑

紫罗兰盦序跋文

乐。郑子因语愚:"《爱之花》已改编为电影剧本,将由卜子万苍导演,耐梅女士主演,而易其名为《美人关》。"愚初以此剧情节平易未易讨好为虑,愿念比来电影界表演功夫,日有进步,不必赖情节之曲折,取悦观众,故亦乐观厥成焉。去腊,《美人关》摄制告成,愚以事冗,未获往观其试映之成绩。畴昔之夕,中央大戏院揭橥《美人关》开映消息,因偕凤君往观之,片中姓名均已改易,以耐梅女士饰中将夫人胡媚梨,萧英君饰中将高人杰,客串李时敏君饰少将尚剑凡,表演之鞭辟入里,得未曾有。吾之剧本可摧烧,而此片固有永久存在之价值也。剧本中少将负创刖敌,剜心以贻所欢一节,已由郑子删去,而结尾令三人同归于尽,虽予观众以不快之感想,未能一睹团圆之乐,顾当恬管呕哑之后,正不妨以哀弦调剂之耳,美国电影界之善为悲剧者,有殷谷兰氏,声闻遐迩,窃愿以此为卜子勉也。

(选自 1928 年 2 月 24 日、27 日《上海画报》三日刊第 326 期、第 327 期第 3 版)

艺苑琐闻

我对于无论甚么东西，都是喜欢小的，越是小，越觉得精致可爱。所以我在往年，曾独自做一本个人的小杂志，叫做《紫兰花片》。又集了曼殊上人、朱鸳雏等的作品，编成一部《紫罗兰盦小丛书》，面积都是小小的，不过英尺三四寸光景。袁抱存兄知道我爱小东西，曾送我一副精裱的小对联，写的"飞清潜淑照灼沈玄"八字，从宋刘怀民志墓石上用双钩钩下，非常隽丽。后来陈小蝶兄也送了我一副，写上我破题儿第一遭做的诗中"晓日赪如新妇颊，岚花羞上老人头"两句。另外又给我山水小立轴两轴，都是长不到一尺的，分外的玲珑可喜，真如《板桥杂记》记李香君如香扉坠一般，小蝶自己也就喜欢这种小字画，因此异想天开，预备组织一个小画会，已约定钱瘦铁、李祖韩、楼辛壶、郑曼青、唐吉生、杨清磬、吴仲熊、胡伯翔、许徵白诸名画家加入，同在一个时期间，专作小幅的画件，山水人物，花草鸟兽，甚么都有。将来便举行一次小展览会，请大家鉴赏他们的小作品，这是多么有趣的事。

我不懂得音乐，也不会弄乐器，但是很喜欢听。因为那玲玲琮琮的乐声，咿咿哑哑的歌声，委实是足以忘忧而消愁的。老友傅彦长兄，常劝我听市政厅的音乐，我曾去领略过几次，很当得上"只应天上难得人间"这句老话儿。上星期在卡尔登看影戏，无意中听到俄罗斯女音乐家施洛文斯基夫人和伊的音乐班的歌唱，声调的抑扬抗坠，真是匪夷所思。每逢一曲将终，那尾声细若游丝，在空气中颤动，神妙极了。所唱的歌，有好几支，我所知道的，只有那《伏尔加船夫》一曲，沉郁苍凉，不同凡俗。可是这俄罗斯的名曲，从二十多个久经磨炼的喉舌中宛转悠扬地唱出来，自然是特别的道地了。最有趣的，是唱一支《毛毛雨》，以俄国人唱中国歌，比鹦鹉学舌，更为吃力。后来晤见杨九寰兄，说起此事，才知是他教他们的，将来流传到海外去，倒又给黎家小妹妹出风头了。

（选自《上海画报》1928 年 6 月 30 日第 367 期第 3 版）

发人深省的《如此天堂》

　　天堂是上界清都，洞天福地，虽不知究竟有没有这所在，而千百年来，一般佛教徒、耶教徒的心中脑中，几乎人人都嵌着这"天堂"二字，期望于撒手去世之后，可以乘着风车云轿，长驱而入天堂之门，以享无穷的幸福。即使不是佛教徒、耶教徒，他们对于天堂也一致的有相当的信仰，力求减少罪过，而作死后置身天堂之想。天堂，天堂，你的魔力是何等的伟大啊！

因天堂之为洞天福地，于是人间的福地，也以天堂相比。俗语道得好"上有天堂，下有苏杭"，就是一个例子。杭州固可称为浙省的天堂，而苏省的天堂，还须让繁华的上海当之无愧。台楼杰阁，纸醉金迷，一切衣食住行，无不穷奢极欲，尽善尽美。有的地方，往往有钱买不到，而在上海地面上，只要你手中有钱，便甚么都可以买到。连人们的灵魂，也买得到的。因此之故，上海就成了世界有名的都会之一，而有小巴黎、小纽约之称。

然而上海虽是一个幸福之府，却也是一个罪恶之薮，都市的文明越是熏染得多，都市的罪恶越是发展得快。上海各大报的本埠新闻，就是一部上海社会的罪恶史。杀人放火、打家劫舍，以及绑票奸淫、离婚自杀等事，几于无日无之。只为制造罪恶的机关太多，于是种种的罪恶，也像制造货物般一件件的制造出来。而跳舞场即是制造罪恶的机关之一。在多数人心目中，差不多已认定了。其实跳舞并非坏事，欧美的上流社会，以跳舞为社交上必要之事，国家的庆祝大典中，也总得有跳舞一项，并且是极庄严极郑重的。不幸跳舞一到了上海，就被认为罪恶，实在也为的上海一般以营业为目的的跳舞场，大半为荡子妖妇所盘踞，将酒、色、财、气四项尽量地表现，冒大不韪，作奸犯科，当有若干件轰动社会的事实，予人以跳舞即罪恶的证据，于是跳舞之场，便尽做了堕落之窟，罪恶之薮。

民众公司第二部有声巨片《如此天堂》，即以上海的跳舞场为背景，尽力地描写跳舞场的黑暗、舞女的苦痛，以及青年们的堕落。借着一张银幕，作为指导青年的讲坛，苦口婆心，发人深省。其实不但是描写舞场而已，也可说是描写整个的上海。所谓天堂也者，实在是地狱的变相。愿一般天堂中人，快快地劳力自拔，勿再醉生梦死，陷入真正的苦痛的地狱！

（选自《〈如此天堂〉特刊》1931年10月出版）

闺秀丛话（一）

贞德，法之亚尔格部人，小家碧玉也。幼时尝牧羊，是时法国专尚淫靡，而贞德独贞静，无轻佻态。一千四百二十九年，英王亨利六世遣兵来攻，罗亚河以北各城悉降。法王子却尔司则蒙尘出走，英军长驱南下，围奥连司，城中死伤甚众。时贞德年方十八，目击惨状，遂有为民请命之志，乃于礼拜堂中言于众曰："上帝诏我趣克强敌，为若曹除害。"众见一弱女子，知无能为，咸

　　　　　紫罗兰盦序跋文

哗笑，而贞德益坚自任。不数日，奇女子之声遂四布，寻为王子所闻，大喜，急往谒之，拜为大元帅。贞德登坛誓师，慷慨激昂，士气大振。时奥连司受攻甚急，城中食又尽，旦夕且下。贞德即率三军往援，大败英军，奥连司遂得无恙。英法人士皆称之为奥连司之女（Maid of Orleans），今英国史家犹艳称其事，谓当日贞德衣缟色之甲，跨雪骊，英风飒爽，真有大将态度。英人见之，无不披靡，若得神助云。贞德大小数十战，连战连捷，每战斩将刈旗，英军辄败北。一千四百三十年，迎法王子行加冕礼于兰士（巴黎东北）之礼拜堂中，号却尔司七世。越年，贞德往解罔比尼围，坠马，为白艮部人所得，献之英人。英人诬以妖妄罪，焚之于卢盎。时有英王之侍臣某，见贞德死，仰天大呼曰："我辈失策矣，奈何焚此天人，上帝其恕我辈罪。"贞德既死，法国民心大振，所失之地尽复。法王念其功，为立碑于奥连司及卢盎两郡。每逢诞日，彼邦人士为开庆祝之会，联谊跳舞，彻夜不绝，四百年来如一日也。今贞德故居犹在普模迷路之小村中，每当春秋佳日，墨客骚人辄往瞻仰焉。丹徒叶中冷先生《世界十二女杰词》中有一首咏其事云：

"一村娃耳，蓦妆成篝火，狐鸣幻戏。天辟神权新世界，撷叶榨枝灵气。剑簇夷光，香搓谟罕，绣旌惊天使。如安打克，军中谁识娘子。忍见钗絷卢鸦，鞭摧紫凤，春锁强蜻丽，到底女儿容易赚，再顾兜鍪痴矣。火玉成烟，血花喷雨，魂化天魔帝，一碑留念，国民崇拜此娟豕。"（调寄念奴娇）余曩年编火中花脚本，甫及四幕以校中大考，不果作。至今思之，尚呼负负也。

女子口才，亦属一生要事，断断不可少者。良以吾国女子，数千年来深锁红闺，足不出绣帏一步，未尝与社会接触。而今日之世界，非往昔可比，脱无三寸粲莲之舌，决不能卓立于社会也。近日英国女界中演说最佳者为女子参政会巨子克立司推白潘格司女士，其演说时之态度既佳，而其言尤足令人感动。足迹所至，辄于空旷之地演说，听者云集。年来英国女子参政会之发达，未始非女士广长舌之力也。日前张郁乡女士以私立女子中学校学生演说会简章寄我，特录其缘起云：身居女界，时值共和，恨成事之因人，岂无才之是德。许女儿以进校，已见家属开通。待弟子以热心，又得良师教育，较之昔日之女子谨守三从，一丁不识者，相去奚啻霄壤也。

然而圣门重专对之才，今日尊外交之选，仅如班昭之有学，不及道韫之解围。将见登坛献艺，强支杨柳之腰，对客抒怀，先晕桃花之脸，此父书徒读，应变无方，将何以参国政而扩女权乎。吾姊妹欲养成雄辩才，组织此演说会，是当群策群力，以期口吐莲花，庶几有守有为，不致质同蒲柳。会期定于每星期六下午二时一刻，诸君压线余暇，其曷联袂偕往，一聆诸女士咳珠吐玉之伟论乎。

德太子妃茜雪丽，文学家而又慈善家也。一千九百零五年与太子结婚，鹣怜鲽爱，情好无比，国人称为欧罗巴洲之花。妃精家政学，治事井井有条，且极敏捷，性颖慧，亦文学界中健者。为处女时，辄好作砚田生活，著作甚富。悉署赝名投稿各报，为彼邦人士所叹赏，然不知乃妃之手笔。有子三，皆健硕无伦。长名威廉飞迭力克，落落有父风。妃性极慈善，哀贫民之无告也。乃以其钻石之冠冕，售得五千镑，以为济助之需。以是颇得民心，芳誉蜚于全国。人咸相告曰：太子妃真吾国贫民之天使也。

华盛顿既被举为总统，即归莆尔吉尼亚故居，迎其母玛利褒夫人时，夫人年已七十，仍事农作，辞弗往，华盛顿固劝不可得，乃怏怏而去。夫人独居小屋，淡泊自持，年虽老迈，日必躬耕田间，寒暑不辍。尝谓人曰：吾子为一国元首，自富受国民之厚遇，若余者，不过一田舍妪而已。其胸襟何等清洁，其人格何等高尚。有是子乃有是母，华家母子，毕竟是非常人物。

斯巴达尚武功，即妇孺亦具敌忾之心。男子出而从戎，妻必谓之曰：吾见汝持盾出，毋宁见汝持盾归。以是军士多奋勇杀敌，虽死无恤。某地有一老妇，五子皆从军，迨战事告终，比邻有一军士归。老妇见之，询曰：吾国战况奚若？军士曰：媪五子皆战死沙场矣。老妇怒曰：咄，懦夫，吾欲闻者乃国家胜败耳，岂欲闻吾子生死耶？军士曰：实告媪，吾国胜矣。老妇大喜，欣然曰：吾国胜乎，是则吾国民之福也。夫妇人普通之心理，惟子息是爱，而此老妇乃不问子之生死，但问国之胜败，闻爱子之死而不哀，闻祖国之胜而愉快，自是寻常人不可及处。余草兹一则竟，不禁拊掌欢呼曰：斯巴达之魂，斯巴达之魂。

迩来女飞行家云起，几使苍天白云，变为香闺绣幰。排雾穿云，视作缝纫刺绣，亦可谓盛矣。法国女子善飞行者最多，如陆熹夫人、如鞒拉哈姆法哀脱夫人，此特最著名者耳。英国则如密司斯宾塞堪范纳、如考苔夫人、如密司培屯抛惠尔、如塞泼夫人，皆富有经验者。惟美国不多见，寥寥如晨星焉。近桑莤兰西司哥有自称杰奈脱女士者，乘一希奈特之双叶飞行机，出现于纽约之培尔莽派克，年约四十余，身上着一村俗之衣，而其驾驶之法，足令人惊叹，直可与法兰西大飞行家伏星氏颉颃。美国人士谓为女界中破天荒者。惟杰奈脱实其赝名，其真名不可知，殆亦一无名之英雄乎。法国又有潘立爱夫人者，以善乘单叶飞行机名，与英国之密司斯宾塞堪范纳称为女界中驾单叶机之二健者云。我草兹则，不禁叹吾国之无人也。

（选自《妇女时报》1913 年 2 月 25 日第九号）

闺秀丛话（二）

　　菅野清，日本女社会党也，生于西京葛野朱雀村。生数岁，入小学校，渐长，嗜文学，好读文学家之著作。每于秋风落叶之辰，春雨敲窗之夜，手一编弗释也。既而从大阪小说家宇田川文海氏游，以是所学益进，其文清新俊逸，有月印波心之致，文海氏雅器重之。尔时女士犹崇帝国主义，以为巍巍九五之尊，神圣不可侵犯，其见识与常人无殊也。迨入纪州《田边牟娄

144　　　　　　紫罗兰盦序跋文

新报》及《大阪朝报》主笔政时，日与社会相接触，其宗旨遂一变，排斥帝国主义，而倾向社会主义。时女士芳龄才二十许耳，其后为大阪基督教世界杂志社电报新闻记者，因得识幸德秋水于东京，日聆其伟论，遂有为社会牺牲之志。明治四十一年六月二十二日，东京社会党揭赤旗，大书无政府共产革命等字，巡行神田各市街，为警察所止，彼邦人士谓之赤旗事，而女士亦与有力焉。赤旗事过后，乃与幸德秋水同发行一杂志，曰《自由思想》，时以政见公诸世，立论至激烈，国民皆大感动。是年七月间，政府遂逮女士入狱，在狱中不幸罹肺病，越一月有半，始得释出。而女士心不稍馁，精神益奋，大声疾呼，日为党事奔走。前年与党人谋为示威运动，五月为政府所知，捕女士及幸德等二十五人入狱。女士神色如恒，坦然无惧容。谳定，与幸德同受缳首之刑，各国社会党人咸为不平，谋救之已无及，时女士年甫三十也。

孝女耐儿传，原名 NELL，为英国大小说家却尔司迭更司氏所著。闽县林畏庐先生取而译之，真可谓工力悉敌。中叙耐儿以一髫龄弱女，而扶持祖父，弗及于难。浪迹天涯，颠沛流离，其一片苦心，悉为林先生生花之笔，曲曲写出，洵为有功人心世道之文。窃以为年来说部中不乏叙述孝子之作，顾叙孝女者，只此一部，宁不可贵。吾诸姊妹当绿窗人静时，手兹一编，亦滋有益也。

吾国女子，恒倚赖所夫，不能自立。一饮一啄，无不出于夫赐。试观南京路上，一般粉白黛绿者流，缟袂凌云，罗裙拖雨，坐通明油碧车，翩然而过者，无不得诸所夫也。而泰西各国之妇女则不然，靡不有一技之长，无须仰食于人，迩来业速记及打字者为最多，其他所操各业者，为列表如左：

著作家	三〇〇
杂志记者	一二五〇
美术家	三六九九
音乐家	二二六四四
摄影者	三八五一

此特其大略而已，此外如小学教师、写真者及看护

妇等，更更仆难数矣，而吾国则如何。

（选自《妇女时报》1913 年 10 月 20 日第 11 号）

吾们的三周纪念

　　黄梅生兄的记性真好，他竟像母亲常常记得爱子的生日一般，请浙声兄来转告我道：六月六日，是《上画》的三周纪念了，小孩子抚养到了三岁，也不是容易的事，该怎么样表示吾们的庆祝。我听了这番话，很以为然，但是吾们报纸的生日，不比小孩子做生日，可以叫一班宣卷先生宣宣卷，或是唤蒋婉贞、王美玉来唱一套《马浪荡》或《扦脚做亲》助助兴的，最高的限度，无非在纸面上热闹热闹罢了。讲到庆祝呢，我以为在这国家多难之秋，任何甚么事情，都没有甚么可以庆祝的。侧身四望，到处都是烽烟，虽是统一之期，已近在眉睫。而强敌环伺，危机四伏，往往足以使吾们的统一上发生障碍。要是全国一天不能统一，那么吾们国民的痛苦也一天不能减少。佛经上以生老病死，为人生的大苦，怕那时人人所挨受的，正不止这自然的四苦呢。

我说到这里，人家怕又要说我发老牌气，说悲观话了。也罢，国家大事，不去说，我且回过来庆祝吾们《上画》的三周纪念，希望上画的四杰（丹翁、梅生、空我、瘦鸥）打起精神，终年不变，作出许多好文章，拍出许多好照片来，给《上画》大张门面，像一朵四照花般，灿烂光明，十分动目。将来四通八达，销行寰宇，每期销这么一二万份，和申、新两报鼎足而三。到那时四美既具，十方传诵，借吾们的一支笔，改造这四维不张之世，正如《左传》所谓"投之四裔，以御魑魅"。吾们要是寿长些，还来得及大吹大擂地庆祝《上画》三十周纪念咧。

（选自《上海画报》1928 年 6 月 6 日第 359 期第 3 版）

《申报》二万号纪念拾零

    《申报》做二万号纪念，是做的五十六岁生日，在中国所有报纸中，确是一位老大哥了。申报馆所有办事人员，不为不多，然而竟没有超过五十六岁的。就是那位 Grand Old Man 张蕴和（默公）先生，瞧他的模样儿，我以为高寿总有一花甲了，所以我在自由谈中作了一篇《今日何日》，说《申报》出世时，他老人家还是一个小弟弟，只知踢毽子斋泥模玩。哪知后来一问张老先生，才知他今年不过五十五岁，《申报》还比他早一年出世咧。张先生在馆二十六年，勤勤恳恳，二十六年如一日。他主编外埠要闻，陈冷先生出门时，也就由他兼代第一张职务。近来更常做时评，署名一个"默"字，文章道德，都不可及。这一回因二万号纪念，同事们因敬礼张先生之故，集资铸一金鼎为赠。现已集得五六百元，不足之数，由史量才先生一力担任。

《申报》有五虎将，短小精悍的是史量才先生，沉着恬淡的是陈景韩先生，老成持重的是张蕴和先生，精明干练的是张竹平先生，玲珑活泼的是汪英宾先生。史先生在纪念特刊中做一篇文章，以《申报》譬作风雨艰难中的一艘船，很为中肯。那么这五虎将便是船中的船主大副二副舵手之类了。此外还有三位加油添火掌管全船机器的要人，便是主任广告的王尧钦先生，主任会计的孙洁人先生和主任庶务的黄炎卿先生。如今这船已行驶五十六年了，骇浪惊涛，已经历得，以后一帆风顺，定可达到光明之途。

陈冷①先生在纪念特刊中作的《〈申报〉二万号纪念感言》，好算得是一篇代表新闻记者诉冤诉苦的血泪文章，将报馆全体以及记者个人种种任劳任怨的苦痛，说得至矣尽矣。明崇祯皇帝吊死煤山上时，说"生生世世莫生帝王之家"，我不由得要改一句说"愿生生世世莫作新闻记者"了。

　　二万号纪念日（十一月十九日）午刻，在杏花楼举行同人聚餐大会，足足到了二百人。弦管咿哑声中，人人喜气洋溢。我的坐处恰恰靠近游艺台，好似戏园子里的特别官厅，苏滩、魔术，都听一个饱，看一个畅。这天同人几乎全体出席，连从不参与宴会的陈景韩先生也欣然而至，可谓异数。就中却有二位没有到场，一位是在馆二十三年的老翻译、不吃猪油的回教信徒伍特公先生，一位是伍先生的左右手此日恰逢夫人生产而行不得哥哥的秦理斋先生。

　　（选自《上海画报》1928年11月24日第415期第2版）

---

　　①　即陈景韩。

申报·自由谈之三言两语

《**申报·自由谈之三言两语**》1923 **年** 3 **月** 20 **日第** 14 **版**

我听说上海卖淫的妓女，有长三、幺二、雉妓三等之分。不过，我们所谓神圣的国会议员，有人收买，也把他们分做了三等：六千、四千、三千，不是个小数目。料他们得了这笔钱，少不得要打情骂俏，曲意献媚了。唉，国会议员啊，你们可要去拿这笔钱么，可这还要挂着神圣的招牌吗？

《**申报·自由谈之三言两语**》1923 年 6 月 18 日第 8 版

端午节的五毒，是人人知道的。然而我们不怕，还有法儿扑灭他们。如今中国当局的大人物，却欲都变做五毒了，虎啊、蛇啊、蝎啊、蜈蚣啊，横行国内，不知道什么法律，也不知道什么人道。全国的国民啊，大家快设法自卫，不然那五毒要来咬死我们了。

《**申报·自由谈之三言两语**》1923 年 12 月 21 日第 8 版

像煞有介事的话总要他从大大方方的人口中说出来，才觉得当。不道如今吴大头 [①] 也像煞有介事的，说起殉国家，殉法律，殉国会，死而无憾的话来了。不知怎么样，总觉得有些不配。我看大头要是真有这样烈性，就请他殉一下子，让全国的国民来给他立铜像，开追悼会罢。

《**申报·自由谈之三言两语**》1924 年 9 月 12 日第 13 版

某公使说得好，江浙当局均有捷报得胜，因知战败者是江浙之人民。唉，是啊，江浙开战了一星期，江啊浙啊，仍还雄赳赳气昂昂的在那里火并。惟有我们小

---

① 即吴佩孚。

百姓却焦头烂额，一败涂地了。我们且竖着白旗，向江浙当局涕泣请命，请看我们可怜的小百姓分上，大家息战罢。

《申报·自由谈之三言两语·欢迎新同业》1925 年 2 月 8 日第 17 版

呵呵，我们吃笔墨饭的，要开一个欢迎大会，欢迎一位簇崭全新的新同业了。不见那亡命日本的齐抚万先生①，不是对人说，以后拟作笔墨生涯么。大约他老人家也觉得毛瑟枪不利于己，因此想换一枝毛锥子玩玩了。不过齐先生初次执笔，一时怕想不出题目。我区区不敏，拟有三题在此，敬以奉献，藉供采择：

㊀我军焚掠无锡记

㊁军阀罪恶史

㊂说良心上之责备

《申报·自由谈之三言两语·吊孙中山先生》1925 年 3 月 15 日第 17 版

有孙中山，然后有中华民国。没有孙中山，未必有

---

① 即齐燮元，直系军阀。

中华民国。美国人称缔造美国的华盛顿为国父，那我们对于这中华民国的华盛顿，也应当尊一声国父。

中山先生自广州商团事件，虽受一部分人的非议，但中山的部属很多，决不能专怪中山。我们也不能因此之故，而减少我们对于他死后的哀悼。

中山先生始终不忘一个"民"，他所主张的三民主义和国民会议，都能替我们国民说几句话，做我们国民的喉舌。

中山先生死了，我们国民的舌子断了，喉咙闭塞了。我们想到了来日大难，奋斗无人，更不能不哀悼中山先生。

《申报·自由谈之三言两语》1925 年 6 月 1 日第 17 版

地上一抹一抹的血痕，被一夜雨水冲洗去了，但愿我们心上所印悲惨的印象，不要也和血痕一样淡化。

邻家的一头狗死了，那爱狗的主人抚着狗尸，抽抽咽咽地哭着。我道：现在的人命也不希罕，何必怜惜这么一条狗。

《申报·自由谈之三言两语》1925 年 8 月 5 日第 9 版

砰砰的枪声，红红的血痕，孤儿寡妇们热热的眼泪，哀哀的哭泣，这是我们中国民族史上所留着的绝大纪念。任是经过了两个多月，已成陈迹，而我们的心头脑底，似乎还耿耿难忘罢。《自由谈》销声匿迹，已两个多月了，如今卷土重来，满望欢欢喜喜的，说几句乐观的话，然而交涉停顿，胜利难期，在下在本报上和读者相见，只索流泪眼望流泪眼罢了。

《申报·自由谈之三言两语》1925 年 8 月 29 日第 17 版

章士钊为了女师大女生厮守着学堂不肯走，他一时倒没有法儿想，这也是他福至性灵，斗的计上心来，便召集了三四十个壮健的老妈子，浩浩荡荡杀奔女师大而去。末了儿毕竟马到成功，奏凯而归，这种雷厉风行的手段，我们不得不佩服他。但是女学堂不止女师大一所，起风潮又在所难免，照区区愚见，不如组织一个常备老妈子队，专为应付女学堂风潮之用，免得临时召集，或有措手不及之虞。倘若没事时，那也不妨充作本人卫队，路上遇了女学生，万一其势汹汹，也可以不怕了，但不知道密司脱章可能容纳我这条陈么。

《申报·自由谈之三言两语》1925 年 9 月 18 日第 11 版

教育部近来似乎忘了自己是个穷部和冷曹，倒很高兴的在那里干。最近又通令女学生一律着用制服。训令中有"甚或故为宽短，豁敞脱露，扬袖见肘，举步窥膝"等语，他的主意，似乎专在反对时髦衣服。但看他上边豁敞、脱露、见肘、窥膝等字眼，分明不愿意女学生显露他们的人体美，非得密密封裹不可。我以为这不必定要着用制服，一般女学生们，家里总有祖老太太二十年三十年前的衣服，与其藏在箱子里供蛀虫吃，何不废物利用，都取出来穿了上学堂去，那么教育部中总没有话说了。

《申报·自由谈之三言两语》 1925 年 12 月 25 日第 11 版

今天是耶稣基督的诞日，我不是基督徒，因此也并不像佛弟子迷信佛菩萨那么迷信他。不过无论如何，他老人家以一个"爱"字教训世人，这就很可崇拜的了。如今我们北方自相残杀，血肉横飞，而主持其事的恰又是耶稣基督的信徒，基督曾说"尔毋杀"，又说"爱尔邻"。如今的所为，却恰恰和这两句话背道而驰。试想邻尚且应爱，何况是自家的同胞手足呢？唉！基督有知，怕也要挥泪长太息吧。

《申报·自由谈之三言两语》1926 年 2 月 8 日第 11 版

一年容易，我们借着习惯上的年关，又可休息一星期了。但我们虽在休息期间，而军阀们的穷兵黩武，与政客们的狗钻蝇营，却未必肯休息。不知一星期间，又闹成怎样的一个局面？要是丙寅年正月四日早上，大家翻开我们报纸来看时，见那乱七八糟的不了之局，竟像变戏法般变成了个霁月风光的好局面，那我们就可痛饮屠苏酒，祝民国万岁了。只怕我今天的话，终于成了个痴人说梦。

《申报·自由谈之三言两语》1926 年 2 月 19 日第 11 版

阴历新年岁首，凡事总要图个吉利，最忌的便是死人，不道湖北先就大不吉利，死了一个头儿脑儿的萧耀南。试想乙丑年的一年间，军阀伟人已死了不少。倘做起统计表来，已占了长长一大篇。不道丙寅年开始，阎罗王还是其势汹汹，不肯罢休，先把老萧开刀。大约这一年是虎年，吃人更要吃得好了。要是专吃大人物，消弭种种祸国殃民的隐患，这倒是我们小百姓的一线生机啊。

《申报·自由谈之三言两语》1926 年 3 月 13 日第 11 版

光阴过得好容易，一瞥眼，我们那位开国英雄孙中山先生已谢世一年了。昨天三月十二日，便是孙先生谢世的周年纪念日。整日价细雨帘织，似乎老天也在那里垂泪。可是哭孙先生么？也许是的。一面怕也是借着这孙先生周年纪念日，哭我们这兵连祸结岌岌欲危的中华民国罢。唉！孙先生谢世一年了，这一年来的中国，乱七八糟，更远不如一年以前。不但老天下泪，怕孙先生英魂有知，也要痛哭一场呢。

《申报·自由谈之三言两语》1926 年 3 月 21 日第 17 版

在这战云四起风尘涢洞之中，而身当军事重任的张之江，忽然电段电贾，大谈起整顿学风的问题来，可算得闲情逸致。足和空城计中弹琴却敌的诸葛先生后先媲美了。他的通电中，把解放恋爱、男女同校等等，都骂得焦头烂额，以至于说得甚于洪水猛兽。但我以为学风原应整顿，而军风更非整顿不可，像那种奸淫掳掠的行为，似乎也不亚于洪水猛兽。军风不整顿，人民不能安居乐业，子弟也无从求学，那更说不到整顿学风了。所以张之江要整顿学风，该先从整顿军风做起。

《申报·自由谈之三言两语》1926 年 3 月 27 日第 11 版

我看了北京惨案中死伤的调查表，不禁吓了一跳！想段大执政的手段，委实可算得第一等辣了。任是那震动中外的五卅惨案，也没有死伤这样多的人啊！唉！外边人要杀，自己人又要杀，这真是哪里说起？有人说：中国人本来太多了，目前生活程度日高，米要十七多元一石。父兄对于子弟的担负，一天重似一天，如今砰砰砰一阵排枪响，直接葬送了许多学子，间接却是减轻了他们父兄的担负，这正是大执政的一片好心肠呢，唉？

海外诗笺

　　吕碧城女士，去国半载，漫游新大陆。加利福宜之橘林，尼亚加拉之瀑布，胥皆为其锦囊中诗料矣。清游既倦，翩然赴欧土，止于巴黎。而往来于瑞士、义大利诸名邦，观览新猷，凭吊古迹，神仙中人不啻也。顷自巴黎，寄我寸缄，读之狂喜，转录如下："瘦鹃先生，两月前寄缄，计达。兹以小诗二首投贵报，披露后，如能将该报剪寄，尤幸。顷自义、瑞等国归来，不久将往德、奥，欧美要事，沪报自有专电，无待鄙人陈述。生计困难，社会日趋险恶，奥国有人，身体保险八万磅，而自用斧砍去其腿，以求偿金者。纽约有施乃德（Snyder）之谋杀案，施氏结婚已十二年，生一女方九岁，施保寿险五千金，其妻为暗中加保至十万金，然与姘夫葛来（H.Gray）将施杀毙，以被盗所杀报警。案破，施妻及葛来同判处死刑，将于六月二十日执行，此轰动纽约之杀人案也。日来巴黎方欢迎由大西洋乘飞机至法之林德白氏，举国若狂。电影明星波拉奈格罗（PolaNegri）为卓别麟之旧好，已在巴黎嫁某王子，不久将登台演剧。当其结婚时，卓别麟曾有贺电云。潦草琐布，即颂文安。碧城手启。"比来沪上诸大报，颇注意于社会琐闻，女士此函，实海外有价值之社会琐闻也。附诗二首：《丁卯暮春游瑞士》云："谁调浓彩与奇香，造就仙都隔下方。海映花城腾艳霭，霞渲雪岭炫瑶光。鸣禽合奏天然乐，静女同羞时世妆。安得一廛相假借，余生沦隐水云乡。"《游义京罗马》云："夕照镕金灿古垣（罗马古迹多颓垣断宇），罗京写影入黄昏。海波净似胡儿眼，石像靓传娥女魂（美术以石像为最佳）。万国珠槃存息壤（义之邻境日内瓦为各国订约之所），千秋文献尚同源（各国法律多道源罗马）。无端小住成惆怅，记取坚波市酒门。"读此二诗，令人神往于瑞士湖光、罗京夕照之间。盖愚尝先后闻朱少屏君与张织云女士绳此二国之美，固已役吾梦魂，系之寤寐矣。

（选自《上海画报》1927 年 6 月 30 日第 248 期第 3 版）

诗人之家

　　愚之识诗人徐志摩先生与其夫人陆小曼女士也，乃在去春江小鹣、刘海粟诸名画家欢迎日本画伯桥本关雪氏席上。席设于名倡韵籁之家，花枝照眼，逸兴遄飞。酒半酣，有歌呜呜而婆娑起舞者，当时情景，至今忆之。而徐家伉俪之和易可亲，犹耿耿不能忘焉。别后倏忽经年，牵于人事，迄未握晤。妇女慰劳会开幕之前一日，老友黄子梅生来，谓徐先生颇念君，明午邀君饭于其家。

愚以久阔思殷，闻讯欣然。翌午，遂往访之于环龙路花园别墅十一号。繁花入户，好风在闼，书卷纵横几席间，真诗人之家也。

徐夫人御碎花绛纱之衣，倚坐门次一安乐椅中，徐先生坐其侧，方与梅生絮谈。见愚入，起而相迓，和易之态，如春风之风人也。

徐先生呼夫人曰曼，夫人则呼徐先生曰大大，坐起每相共，若不忍须臾离者。连理之枝，比翼之鸟，同功之茧，盖仿佛似之矣。

徐先生出其诗集《志摩的诗》一帙见贻，亲题其端曰："瘦鹃先生指正，徐志摩。"集以白连史纸聚珍版印，古雅绝伦，愚谢而受之。诗凡五十五首，俱清逸可诵，而悲天悯人之意，亦时复流露于行墨间。兹录其《月下雷峰影片》一首云："我送你一个雷峰塔影，满天稠密的黑云与白云。我送你一个雷峰塔顶，明月泻影在眠熟的波心。深深的黑夜，依依的塔影，团团的月彩，纤纤的波鳞——假如你我荡一支无遮的小艇，假如你我创一个完全的梦境！"愚于月下雷峰，固尝作一度之欣赏者，觉此诗颇能曲写其妙，而亦可为雷峰圮后之一纪念也。徐先生尝留学于英国之剑桥大学，又尝与英国大小说家哈苔氏、印度诗圣太谷儿氏相往还，于文学深有根柢，诗特其绪余而已。夫人工英法语言，亦能文章，新译《海市蜃楼》剧本，将由新月书店出版。自谓在女学生时代即喜读愚小说，颇欲一读愚所编之《紫罗兰》半月刊云。室中一圆桌，为吾辈啖饭之所，桌低而椅略高，徐先生因以方凳侧置于地，而加以锦垫，坐之良适。菜六七簋，皆自制，清洁可口。饭以黄米煮，亦绝糯。饭之前，徐先生出樱桃酒相饷，盛以高脚晶杯，三杯三色，一红、一碧、一紫。知愚之笃好紫罗兰也，因以紫杯进。酒至猩红如樱实，味之甚甘，尽两杯，无难色。徐夫人不能饮，亦不进饭，第啖馒首二，继以粥一瓯。会吴我尊君来，因同饭焉。

饭罢，复出冰瓜相饷，凉沁心脾。徐先生出示故林宗孟（长民）先生书扇及遗墨多种。书法高雅，脱尽烟火气。又某女士画梅小手卷一，亦遒逸可喜，卷末有梁任公先生题诗及当代诸名流书画小品，弥足珍贵。又古笺一合，凡数十种，古色古香，弸彪手眼间，摩挲一过，爱不忍释焉。

梅生偶言闻人某先生，惧内如陈季常，夫人有所而命，辄为发抖。徐先生曰：此不足异，吾固亦时时发抖者。语次，目夫人，夫人微笑。已而徐先生有友人某君来，徐先生欲作竹林游，拟与某君偕去，请之夫人，谓请假三小时足矣。夫人立曰：不可，子敢往者，吾将使子发抖。徐先生笑应之，卒不往。

月之五夕，徐夫人将为妇女慰劳会一尽义务，登台串昆曲《思凡》，并与江子小鹣合演《汾河湾》。想仙韶法曲，偶落人间，必能令吾人一娱视听也。

闲谈至三时许，愚乃起谢主人、主妇，与梅生偕出。此诗人之家，遂又留一深刻之印象于吾心坎中矣。

（选自《上海画报》1927 年 7 月 27 日第 257 期第 3 版）

我的书室

　　我是依笔墨为生的，是文字上的劳工。我的书室，便是我的工场，关系很为密切。我平日极喜欢布置居室，而对于我的书室却因陋就简，不很注重。方为这是我的工场，只须适宜于工作，不必过于讲究的。然而我历年来在这工场中，已不知绞了多少脑汁，呕了多少心血。

　　我的书室和卧室相毗连，是面北的一小间，西面和北面都有窗子，光线很充足。北窗外有对邻的小楼，我在《半月》杂志中曾做过一篇短篇小说，叫做《对邻的小楼》，即是指此而言。在这北窗之下，就放着一张写字台，这写字台和我相依为命，已足足有十二年了，是西式紫黑色的小小儿的一张，因为用得很久，边沿上已退了漆。上面有木架，式样很好，两端各有两个小抽斗，小抽斗上边的平面上，可放装饰品。我便在右面放了个托尔斯泰石膏像，左面放了个爱情日历。中央低下去的架子上，一面有阑，放着三件东西。中是埃及金字塔式的墨水盂，右是刻有埃及古画像的银铅色石膏笔筒，左是粉红色西磁的花瓶。这所在本来放一个骷髅的，因为夜半独坐作文时，瞧了有些可怕，已移往别处去了。台面上铺着一张墨水纸板，稿件啊，信札啊，大小报纸啊，常像秋林落叶般随处抛散着，直到自己瞧不过去了，方始收拾开去。这写字台除了上面四个小抽斗杂置零物外，下面有九个大抽斗，分放《半月》用稿和《紫兰花片》的材料。我这两种杂志，完全产生于这写字台上。我这十二年来的作品，也大半产生于这写字台上，所以我和这小小写字台，有特殊的情感。

写字台的右面，有两具鸽笼似的方格箱，每箱八格，杂置信札、稿件、书籍之类，往往塞得很结实。箱旁小山似的一堆，堆着英国四种周刊和美国的两种影戏周报。写字台的左面，又有一座山，比那周报的山高出一倍以上，是堆着历年所搜罗的各种中西杂志和半新旧的杂书，没系统，没秩序，简直是一座山啊。在这山旁，靠壁放着一口书橱，一共四格，第一格中有法国毛柏桑短篇小说全集十卷、英国文学丛书二十卷，第二、三格，都是各国的名家小说，第四格却放的中国文学书籍，约有一百多种。下面有两个抽斗，放着中西的画册和西方杂志中剪下来的画片。抽斗之下，两扇门的里面，又有两大格，放着中西的许多旧书，那好似秋山乱叠，更见得杂乱无章咧。书橱的对面西窗之下，有两张西式椅和一张西式茶几，却放着一副中式的茶具。在这几椅的旁边，有一张大方凳，有花瓶，有笔砚，有架山石，有石水盂。墙上贴着三个女孩子在破伞躲雨的五彩西画片，凳前设着一张小藤椅，这便是儿子小鹃的写字台。

至于这书室的墙上，有《时报》主人狄平子先生手写的大对联："初日将兴带水气，崇林至静引天风。"又有故云间名士张瑞兰先生赠我的小对联："结交指松柏，述作受江山。"又有横幅四幅，由天笑、王钝根二先生的字和张聿光、丁慕琴二先生的画，都是我所心爱的。

我的书室，是如此如此，实在不能算是书室，只能说是工场。我很想脱离这工场，叵耐终于做不到，我只得继续我的工作，并祝我的工事发达。

（选自《申报》1924 年 12 月 17 日第 17 版）

我们的"辟克臬"

有风日晴和的日子，约了三五好友，带了酒水食料，往景物幽倩的郊野或园林中去吃喝，席地幕天，谑浪笑傲，这确是一件极有兴味的事。在英美有一个专门名词，叫做"Picnic"，译音"辟克臬"，在吾国无以名之，只能称为野宴，也就是古诗人携榼听莺那个调调儿罢了。上星期六，我们一般"群居终日言不及义"的朋友，忽然发起雅兴来，说星期日没事儿做，何不上兆丰公园做"辟克臬"去。一时忙急了电话局里接线人，滴玲玲的电铃声中，便约定了五对贤伉俪，我和汝嘉是发起人，先就有了两对，加上了珍侯，便是"瑟利配阿"，保厘又约了他的好友谢芝芳君，密昔司谢就凑成五对了。

汝嘉很有军需处处长的才干，最善于办差，我们的"辟克臬"，便公举他筹备一切，他自也当仁不让，义不容辞。星期日早上，他老人家就实行朱柏庐先生治家格言的黎明即起，上北市去买了许多面包、牛油、糖酱，以及沙田鱼、外国火腿、沙生治、咸肉之类，赶回来预备好了，便浩浩荡荡地携眷出发，吾家铮儿，也愿随鞭蹬。可是从西门小西门之间，赶在梵王渡，坐了黄包车，再坐电车，又改坐公共汽车，这条路真觉得其长无比，我不由得微吟起岳武穆《满江红》词中"八千里路云和月"的妙句儿来了。

到兆丰公园时，已近午刻，我们一行人，便径往一个紫藤棚下，作为我们的大本营。这所在是我们上次来时先看定了的，坐在那里吃喝，真是绝妙一间大餐间。头顶上的紫藤花虽没有了，而绿叶扶疏，密密地结成了个油碧之幄，把阳光挡住了。四面又围着松树、梧桐树、银杏树等，一片碧绿。当下大家都很满意，把椅子围成了圆形，团团而坐，开始吃的工作。地上铺了一条粉红的毯子，一切饮食品，杂陈其上。汝嘉生怕老饕不餍所欲，又向公园对门的一家餐馆中买了两客咖喱鸡来，风味倒也不恶。半点钟后，早吃得刀叉纵横，杯罐向天，面包屑和鸡骨肉片，狼藉了一毯子。而一小半人的袜上、裤上、白皮鞋上，都沾染了颜色，黄的咖喱汁，红的是苹果酱，分外好看。有的身上，湿了一大块，那是柠檬水沙示水了。大嚼之余，相视而笑，幸而有几位密昔司在着，即忙办理善后事宜，一霎时间，把这残席收拾干净。我们鼓着一个饱饱的肚子，同去游园。保厘带着一具小影戏机，便把我们走路的姿势和玩笑的模样，一一摄入镜头。园中最幽秀的所在，是在接近圣约翰大学的一带，真有些儿杭州灵隐的风味。一起一起的都有碧眼儿在那里做"辟克臬"，男子们喝酒唱歌，兴高采烈，一株大树的荫下，见有一对外国夫妇竟头并头的躺在那里，枕褥绒毯，一应俱全。两口儿一动不动的，似已入睡，料他们栩栩蘧蘧的，正在做着清梦呢。

四点钟后，游人愈多，而我们一行人中有二三位密昔司已游兴阑珊了，便放弃了我们紫藤棚下的大本营联翩出园而去。

（选自《上海画报》1928 年 6 月 24 日第 365 期第 3 版）

我有几句话要说（上）

　　现在这年头儿，甚么都要转变了。有的转向右，有的转向左，有的一转而直上青云，有的一转而打入地狱。在下编这一纸《春秋》，不想别的，只想转到多数读者的眼睛里，博得多数读者说一声好，那我就好像小时节在糖人儿担上，转动那个小小的转轮子，的溜溜地转到了一个挺大挺好的糖佛头一样。

　　《春秋》的转变，又待怎样地转变起来呢？但看所占的地位，不过是一全张的四分之一，只好像一个东南半壁的小朝廷，且还被广告占去了一角，仿佛中华民国的地图上，失去了东四省一般，试问这一些些地位，要排得式样好看，如何办得到？我苦苦地想了一天，总算画成了一个图样，一眼看去，倒像是一座戏院子。中央高端是《春秋》两字的题头，好似舞台；两旁两大块特别地位，有如两座大花楼；其余大小三排的普通地位，似是官厅正厅；而底下一长排专刊《游踪所至》《世界珍闻》等栏的地位，那是月楼了。《春秋》的式样既像是戏院子，那么撰稿的诸君全是超等名角，而一切的作品，都是拿手好戏了。至于在下呢，不过是一个躲在幕后的排戏者，有时上台来露露脸，也无非跳跳加官而已。

　　我们本来的第一篇地位，往往刊登那些社论似的作品。论社会既没头没脑，无从说起，论国事又碍手碍脚，多所未便，要是不着边际的专谈空理，怕又免不了晋人清谈之诮。据历史告诉我们，晋之亡，亡于清谈，因此大书特书，说是清谈误国。这小小的《春秋》，怎当得起误国的罪名，所以我打算把这一篇空谈的文章从此割爱了。

空谈的文章既不要，那么要些甚么呢？喏！就是空谈的对面，要有实质的文章，以经济的文字，记述和描写一段精彩的事实。请撰稿诸君在下笔之际，将一切陈言、一切废话，做一番清洁运动，打扫个一干二净，每篇务以四百字为限。请诸君在写完文章之后，高抬贵手，拨动算盘，将全篇字数算上一算，注明在稿纸之上，千万不要忘却。其他零金碎玉，在四百字以内的，只要语隽意妙，任是寥寥数十字，也不胜欢迎之至。

（选自《申报》1934年3月29日第12版）

我有几句话要说（下）

　　名人的轶事，我们本来是很欢迎的。但是不知怎的，每刊一段大人先生的轶事，过一天总要被动地更正一下。在作者以为道听途说，可作文料，在编者以为茶余酒后，可资谈助，双方都是无所用心，也别无作用的。不过据我这好多年编辑上的经验看来，这种大人先生的轶事，实在是可谈而不可谈，可登而不可登的。在一部分的读者读了，也许以为这是做人情，拍马屁；而在大

　　　　　　　　　紫罗兰盦序跋文

人先生本身，却又以为这是开玩笑，骂山门。所以从此以后，我们不再欢迎当代名人轶事，与其惹是招非，还是自己"火烛小心"。

在底下的一排，我们不是常有《游踪所至》《妇女园地》《世界珍闻》《小食谱》等一栏的么？这一栏分类很多，除上述四种外，尚有《科学趣谈》《小常识》《短篇小说》《笑的总动员》《拉杂话》《风土小志》《小园艺》《小工艺》《独幕剧》《小小说）等十种，凡是新颖隽永的材料，无不在欢迎之列。但那每种的字数，至多以一千字为限，因为太多了，就要排得密密层层地，好像蚂蚁扛死苍蝇似的，忒煞难看，而一般眼光已打折扣的老先生，也惟有望"字"兴叹了。

漫画本来每星期一次刊在底下一排的地位，每次总是四五张刊在一起。现在也打算转变了，变成每天一张。譬如每星期吃一桌和菜，虽觉丰盛，不如每天吃一样佳肴，更来得开胃。这种漫画，除由黄士英、张英超、江栋良三君担任外，也欢迎投稿，其他题头画，以图案为妙，大小必须依照本刊规定的尺寸，放大四分之三，以便缩小制版。

无论文稿、画稿，必须注明作者的姓名、住址，并加盖图章，文稿上必须注明字数，这三件事，算是本刊与诸位作家的约法三章。要是不愿遵守的，那么刊登之后，作却酬论，恕我不客气了。（附带声明，来稿无论刊用与否，概不退还）

《春秋》转变伊始，特地刊登秦瘦鸥君译述的《御香缥缈录》一书，作为纪念。此书系前清德龄公主用英文写成，一名《老佛爷时代的西太后》，记的都是当年清宫中的秘史，十分有趣。秦君本为名小说家，译笔也工致可喜，一些儿不失原意。我们刊登此书的本旨，并不是要使读者发甚么"思古之幽情"，只好似请大家看梅兰芳登台表演一部《太真外传》罢了。

《春秋》是要转变了，但是从哪一天起开始转变呢？喏！中华民国二十三年四月一日。（是日应出之《儿童周刊》，移至四月四日儿童节出版）

（选自《申报》1934 年 3 月 30 日第 13 版）

新年之回顾

儿时的新年，大抵是快乐得多，那红裳跳地的乐趣偶一回顾，还觉得津津有味。只恨光阴先生性儿太急，飞一般的过去，人力既不能把长绳系住白日，长保这儿时快乐的新年，又不能使年光倒流，仍还我们这儿时快乐的新年，到得马齿加增，一年一年地长大，那新年的乐趣也就一年一年地减少了。《半月》当着旧历新年，特刊一本"春节号"。我们运用民国新历，当然不该重视旧历新年，但那十年以前过去的新年，仍还是旧历的新年，我既请几位前辈的先生各各回顾他们儿时的新年，遂一记将下来，自己想偷懒搁笔了，寒云说，你既唤人家回顾，自己也该回顾回顾。于是，我就不得不说上几句，做他们的新年陪客。

我儿时的新年，只能说有六年寿命，得六年快乐。因为六岁的下半年就丧了父。这六岁以后的新年，便都是眼泪涂抹的时光，既不觉得快乐，也算不得新年了。我一岁到六岁的新年状况，只为如今脑力疲弱，记不清许多，但觉得也曾热闹过一阵。家中备足了年菜和糕饼、粉饵，尽着我们兄妹吃，彼此抢得利害，元旦向挂着的祖宗遗像叩了头，便给父亲、母亲和外祖母拜年，得了压岁钱买爆竹放，大家兴高采烈，快乐万分。过了初三，父亲领着上城隍庙，去买了荷花灯、走马灯，回来又配着喇叭、面具、木刀之类，同兄妹们一直顽到元宵，那时节的光阴何等甜蜜，到如今回头一望，可就万金难买了。

我家住的屋子，是在城内县西街一条街中。一宅旧式的五幢屋，我们租住着楼下三小间，每月租费共制钱一千六百文，若把我现在一个月的租费合算起来，在那时好住三年半了。一连住了十多年。我父亲也就死在这宅屋子中的，去世的那年，恰逢庚子之乱，八月中病重的当儿，外面人心惶惶，我们家里也人心惶惶。父亲害的是伤寒症，后来两脚两腿发肿，直肿到心口，可怜我母亲夜夜的祈祷和左臂上剪下来的一块肉，毕竟换不到父亲一命，眼见他撒手去了。第七年的新年，我们一家已在泪河之中，年菜和糕饼、粉饵什么都没有了，但觉那三间黑魆魆的室中充满着一派阴惨气，那小客堂的一角，摆着我父亲灵台，烛台上插着残剩的白蜡烛，堆满蜡泪，父亲死后新画的一幅像就挂在那几幅祖宗遗像的旁边了。这一个新年，我们关着门过去，兀对着那些遗像呆坐，心中暗发奇想，想这些穿箭衣外套和披风红裙的男女祖宗，可能从纸上走将下来？倘下来时，可不要把我们生生吓死么？每天早上，总听着母亲的哭声和房东严姓家的恭喜发财声互相应和，一苦一乐，可也相去得远啊。我父亲是个不得事家人生产的人，在江宽轮船上充了几年账房，不曾积蓄什么钱，所以身后萧条，反遗下了几百块钱的债。以后的新年中，母亲虽也把做女红十指所入略略备些年菜，但已不像往时那么应有尽有，糕饼、粉饵也不备了，压岁钱也没有了，爆竹也不放了，荷花灯、走马灯和喇叭、面具、木刀之类也一概没有顽了。外祖母可怜见我们，常去买一盏状元灯来挂在家中，但是只有一个红纸壳子和四个金字，比不上荷花和人马兜圈子那么好玩呢。

穷苦人家的孤儿什么都落在人后。新年中我们没新衣服穿，只索在门罅中张望，那邻家的孩子们穿绸着缎，何等的美丽！我们却只有一双新鞋子穿在脚上，剃一个头，浴一回身，便算是过新年了。我们瞧着邻家的孩子们糕饼多、爆竹多、玩具多、压岁钱多，总觉眼热得很。

我家原也有几个亲戚，我们兄妹出去拜了年，也能换到小银元两角、四角的压岁钱，兴兴头头地捧着回来，我们要买爆竹和走马灯玩，母亲不许，再过几天，便把来贴补柴米钱了。记得有一年，我在一家亲戚家得了一块钱的压岁钱，回来时生怕再给母亲取去买柴米，就瞒着不说。谁知临睡时，被母亲在鞋子里面发见了，狠狠的一顿打，打那以后得了压岁钱便不敢再瞒她。

这样黯淡无色的新年一连过了十多年，也不知道是怎样过去的。如今我已是二十多岁的人了。十年奋斗，差能自立。只可惜到了新年已不觉得有甚么乐趣。想起十多年前的新年中，我得了压岁钱须要贴补柴米，如今我那四岁的儿子都预备着新年中要了压岁钱去向先施公司买一部小汽车玩了。唉，我那得回过去，仍做小孩子，重度那六岁以前的新年！

（选自上海《半月》半月刊 1922 年 1 月 28 日

第 1 卷第 10 号"春节号"）

劫中度岁记

玄黄惨劫中，漂泊他乡，已苦苦度过了两个新年，而第三个新年，一转眼也已降临到我的头上了。歌哭无端难自解，笑啼交作不成吟，姑将前年度岁的日记摘录于此，以作这民国二十九年新年的点缀。

民国二七年元旦，阴

我们千里迢迢地到皖黟南屏村来避难，忽已过了一个多月，今天居然强为欢笑地过新年了。在苏时，老母偏爱农历，奉行祀神祭祖等等旧俗，牢不可破；如今在客地做高等难民，一无所有，所以我毅然主张今年要过新新年了。昨夜除夕，凤君多方张罗，东拼西凑，预备了七碗四碟一暖锅的荤菜素菜，一家九人，围坐在小圆桌上，吃起团圆夜饭来，虽没有甚么海味山珍，却也吃得津津有味。老母买了一对火红蜡烛，作守岁之用，居停主人叶老太太，也来凑趣，命婢仆们拿了好多盏小红灯来，在小园里每一株树上挂上一盏，点上了火，真的增光不少。我坐在南窗下书桌上，细领破胆瓶中一枝蜡梅花的色香，胡诌了七绝二首："七簋四盘一暖锅，家乡风味未嫌多。客中犹吃团圆饭，难得闺人展笑涡。""无星无月凄清夜，今昔悬殊感不胜。为谢居停怜远客，满园花树缀红灯。"我不能诗，不过写实而已。

昨夜守岁只守了半夜，那枝守岁烛，早已蜡炬成灰泪也干，只得到梦乡里去守岁了。今天仍照常七时半起床，推开南窗，先就向那领袖群山的顶云峰唱了个喏，道了一声"恭贺新禧"。一会儿老母也起身了，即忙拜了年，儿女们也纷纷道贺。只可惜天色阴沉，并有雨意，正和我的心境相似。吃过了点心，出外小步，却见村中并无新年景象；很无聊地踱回来，坐到窗前，又念了两首《元日试笔》，有"双掩柴门无贺客，迎头长揖顶云峰""独行踽踽了无事，且看四山团拜来"之句，百无聊赖之情，于此可见。闷坐半晌，总想找些事情做，蓦地想起昨天曾向叶善卿先生借了一盆绿梅，倒可供我消遣，于是把前几天向山中掘来的小松和园中现成的小方竹，在一只明朝粗砂的长方盆中布置起来，做成了一个《岁寒三友》的盆栽。那绿梅瘦得可怜，只有近十朵花蕊儿，姿势却还不错，放在南窗外阶砌上，作为岁朝清供，观赏之余，宠之以词，《调寄谒金门》云："苔砌左，举竹苍松低亸，借得绿梅枝婑媠，一盆栽正妥。旧友相依差可，梅蕊弄春无那，计数只开花十朵，瘦寒应似我。"

一月以来，与同来避难的东吴大学诸教授组织了一个座谈会，每星期举行一次，轮流作东，略备茶点，会

190

员共十二人，上下古今的无所不谈，很可消愁解闷；有会不可无名，因此我给它起了个怪可怜的名儿，叫作"苦茶集"。今夜苦茶集有特别节目，不吃茶点而改为聚餐，算是一个迎春之宴。每一会员，各做一样菜与会，先自认定，以免雷同。傍晚虽下雨，大家意兴不减，一个个撑着伞，提着篮，到那预约的叶芳珪牧师家去参加，十二样菜和两道点心，风味各各不同，品评之下，以孙蕴璞先生的菜心狮子头和张梦白先生的豆沙八宝饭为冠，其余也都可下箸，各擅胜场。大家欢笑饮啖，浑忘颠沛流离之苦。当下我口占一绝："春菜盈盘酒盈盏，一堂团聚一飞觥。有家同是无家客，且把他乡作故乡。"程小青兄也另有两绝句相和，这夜酒醉饭饱，尽欢而散，我不能饮，真有些醺然了。唉！无家之客，几时方可有家，又几时可以重见故乡云树呢？

夜雨不绝，敲在园角方灯上，萧萧有声。雨啊！尽量下的雨啊！我只期待着明天，无穷的明天，末了儿总会给我一个光明的明天，风和日丽的明天！

（选自《申报》1940 年 1 月 1 日元旦增刊 26 版）

嗟我怀人中心是悼

瑛儿：

你每次来信，总要问起我的健康情况，足见你对老父的深切关怀，使我十分感动。这一年来，我并没有甚么大病，但是小病小痛，在所难免，毕竟是老了一些，抵抗力也差了。尤其觉得难受的，每天清早四时，天还没亮就醒了，头脑立刻像风车般转动，想这想那，想个不了，并且往往想到亡故了的亲人和亲戚朋友。譬如你的祖母和母亲，去世已将二十年，但我还是经常想到，有时见之于梦，因此黎明即起，我总得先到她们俩的遗像之前，先叫一声"妈"，后叫一声"凤"，接着敬上一支好香烟，二十年如一日。你总也知道你母亲在世时，每天早上是有抽烟的习惯的。

这几天来，我听了几张京剧中青衣花旦的唱片，忽又想到了三位亡故了的戏曲艺术家，都是跟我有一日之雅的。第一位是半年前去世的欧阳予倩，他那张白皙的面庞和一双深度的近视眼，立刻涌现在我的眼前。只因我年轻时在上海从事文艺工作，很早就认识了他。当他和陆镜若、马绛士、吴我尊等共同组织"春柳社"时，我就看过他们合演的新剧《不如归》《黑奴吁天录》《茶花女》等，为了我先前已读过了这些原著的小说，他们那种声容并茂的演出，也给了我不易磨灭的印象。后来予倩在京剧中露了头角，我也看过他好多出戏，平时常相往来，还到他家里去吃过饭，他夫人会做一手挺好的湖南菜，煎炒煲熬，吃得我津津有味。记得我看到他的最后一出好戏，是和周信芳合演的《武松与潘金莲》，在天蟾舞台演出。那时周信芳正用着他旧时的艺名"麒麟童"，扮演武松，虎虎有生气，而予倩的潘金莲也表演得有声有色，并且给她翻了案，不再是群众心目中的淫妇，而是一个被压迫的弱女子了。我和他最后一次见面，是在一九五九年"五一"国际劳动节前夕，因出席全国政协会议之便，被邀参加全国文联的座谈会。阔别了三十多年，白头相对，倒像在梦里一样。予倩拉住我坐在一起，谈谈别后情况，正如一部二十四史，不知从哪里说起。谁知这三十多年来的一面也就是最后的一面，噩耗传来，他竟和梅兰芳同病而也追从而去了。我于痛悼之余，检点故箧，发见了他当年见赠的一张照片，是和他夫人站在一起合摄的。上款是他用钢笔写的"瘦鹃先生、夫人惠存"，下款是"予倩、韵秋敬赠"。予倩身穿马褂长袍，毕恭毕敬地站在左边，夫人身体略侧，右手挽着予倩的左臂，左手捧着一束鲜花，上身穿一件圆角短袄，下身系一条阔花边的裙子，是四十余年前的时装。照片上没有注明年、月、日，瞧了贤伉俪那种丰容盛鬋、年少翩翩的模样，估量他们的年龄是在三十岁左右，而这张照片，也许是结婚十周年的纪念照吧？

我所想到的第二位，是一年半以前去世的梅兰芳，流年似水，却并没有冲淡我沉痛的回忆。那时我为了聊以自慰起见，只当他行色匆匆，到甚么遥远的地方壮游去了。记得我曾写了一封很长的信，刊登在首都的《戏剧报》上，说了不少伤离怨别的话，好像是寄给一个远游的好朋友似的。信中还有这么几句话："我这小园南部的'梅丘'之上，有一间小小的'梅屋'，一切点缀，都与梅花有关，原是春初陈列盆梅、瓶梅供人观赏的，今后将兼作我个人纪念您的地方。您云游天下，如果有兴的话，何妨于月白风清之夜，光降到'梅屋'中来流连光景，小憩一会，又何妨重演一次散花的天女、凌波的洛神呢？"有一位朋友读了之后就对我说："你这么一说，我可不敢再到'梅屋'中来了，一进'梅屋'就觉得有些儿汗毛凛凛哩。"我笑道："你未免忒煞胆小了，兰芳即使做了鬼，也是一个漂亮鬼，他要是惠然肯来，我一定竭诚欢迎，这有甚么可怕的？何况我还可瞧他兴之所至，表演他的杰作《洛神》和《天女散花》呢。"那朋友一听，也就情不自禁地笑了起来。

瑛儿，我不知道你可曾瞧过梅先生生前所演的戏，但我料知你在海外，一定在收音机中听过他的唱片，在银幕上瞧过他和俞振飞合演的昆剧《游园惊梦》彩色电影了。梅先生去世以后，政府为了他一生对戏曲艺术多所贡献，功不可没，因此展开了一系列的纪念活动，发行纪念邮票，出版唱片选集、文集和画集，绘制梅兰芳艺术生活幻灯片，摄制梅兰芳传记艺术影片。瑛儿，将来你要是瞧到这部影片开头作为点缀的梅花时，要知道那一株株的红苞绿萼，还是家园中的东西。原来那家影片公司的摄影小组，特地到我家来借了几盆梅桩，带到上海去入镜头的。我和梅先生既有一份深厚的交情，现在我所手植的梅花得在他的传记影片中一现色相，当然是喜出望外，要是梅花有知，也该引为荣幸吧。

梅先生的戏曲艺术早已名满天下，有口皆碑，而出其余绪，从事丹青，也居然楚楚有致。他于三十余年前，曾给我画过一幅《无量寿佛》，衣褶笔笔有力，古趣盎然。另有一个扇面，画的是碧桃花和芭蕉叶，红绿相映，色泽鲜妍，笔致也很遒劲，我给配上了一副刻着钟鼎文的檀香扇骨，相得益彰。这两件墨宝，至今珍藏在紫罗兰盦中，留作永久纪念。可是人亡物在，睹物思人，又不免引起了一重惆怅哩。

我所想到的第三位，是五年前去世的程砚秋。记得我在上海给申报编《自由谈》副刊的时期，他每次南下演出，总得偕同其他主要演员上报馆来访问我，据说这叫做"拜客"，如果我恰不在，那么每人就留下一个名片，表示已来拜过了。那时他还很年轻，大名是叫"艳秋"，直到中年，才改称"砚秋"的。他还写得一手好字。曾给我写过一个小立幅，录王荆公诗，共一百十字，起句"牛若不穿鼻，岂肯推人磨。马若不络头，随宜而起卧"，诗为古风，通首含着哲理，在可解不可解之间，不知他怎么会挑上这首诗的。此外他又送了我好几幅戏装和便装的照片，真的是面目如画，俊俏得很！抗日战争期间，他痛心国难，深恶敌伪，就毅然地抛却了舞扇歌衫，不再在红氍毹上讨生活，正像梅兰芳一样，保持了民族气节，真可愧煞一般屈膝事仇的士大夫。

　　砚秋襟怀磊落，淡泊自甘，身在绮罗场中，常有买山归隐之志。当他在上海演出，大红大紫的时期，就请汤定之老画师画了一幅《御霜簃图》，名诗人周今觉给题了六首诗，录其四云："一曲清歌动九城，红氍毹衬舞身轻。铅华洗尽君知否，枯木寒岩了此生。""淡云薄似砚罗衣，远岫浓于染黛眉。茅屋数椽西崦外，无人知是御霜簌。""高名昙首震时贤，弟子芬芳已再传。画里有人呼不出，与谁流涕话开天。""玉笑珠啼幻亦真，廿年赚尽凤城春。嘉荣已自称前辈，莫认云屏梦里人。"后来他为了跟日寇作斗争，竟赶到北京西郊外青龙桥乡下种田去了。他天天啃窝窝头、玉米饼，在田里劳动着，实现了当年高蹈的志愿。

解放以后，砚秋重登舞台，并曾来苏州演出，轰动一时，我看过他一出《骂殿》，只为中年发胖，扮相差了一些，而艺术已达到了炉火纯青的境界，行腔使调，仍如清泉咽石，宛转动听，煞尾的拖腔，一波三折，仿佛天际游丝，不绝如缕地袅动着，真的是美极了。

瑛儿，这三位卓越的戏曲艺术家，虽一一离开了人间，但他们一生莫大的贡献，却留在人间，永垂不朽。他们的声音笑貌，也深深地印在我的心坎上，长为我伴，以终我身。

198　　　　紫罗兰盦序跋文

关于《一生低首紫罗兰——周瘦鹃文集》

　　凡欧美四十七家著作，国别计十有四，其中意、西、瑞典、荷兰、塞尔维亚，在中国皆属创见，所选亦多佳作。又每一篇署著者名氏，并附小像略传。用心颇为恳挚，不仅志在娱悦俗人之耳目，足为近来译事之光。唯诸篇似因陆续登载杂志，故体例未能统一。命题造语，又系用本国成语，原本固未尝有此，未免不诚。书中所收，以英国小说为最多，唯短篇小说，在英文学中，原少佳制，古尔斯密及兰姆之文，系杂著性质，于小说为不类。欧陆著作，则大抵以不易入手，故尚未能为相当之绍介；又况以国分类，而诸国不以种族次第，亦为小失。然当此淫佚文字充塞坊肆时，得此一书，俾读者知所谓哀情惨情之外，尚有更纯洁之作，则固亦昏夜之微光，鸡群之鸣鹤矣。

以上文字，是当年在教育部任职的鲁迅，审读了出版社送审的周瘦鹃《欧美名家短篇小说丛刊》后，和周作人一起写的审读报告。这篇审读报告，最初发表于1917年11月30日《教育公报》第四年第十五期上。从这篇审读报告里，可以看出周氏兄弟对周瘦鹃的这部翻译小说的看重。

周瘦鹃的《欧美名家短篇小说丛刊》于民国六年作为"怀兰集丛书"之一种在上海中华书局出版，分上、中、下三卷，天笑生、天虚我生和钝根分别作了序言。天笑生在序言中肯定了周瘦鹃的文字"自有价值"。天虚我生更是对这部巨制不吝赞美之词。钝根在序中说到周瘦鹃爱读小说时，介绍他这位朋友境况是："室有厨，厨中皆小说。有案，案头皆小说。有床，床上皆小说。且以堆垛过高，床上之小说，尝于夜半崩坠，伤瘦鹃足，瘦鹃于是著名为小说迷。"可见周瘦鹃热爱小说的程度，也就不难理解他耗费一年多的时间，来翻译这部《丛刊》了。该书上卷曰"英吉利之部"，共收英国短篇小说十余篇。中卷分为"法兰西之部""美利坚之部"。下卷分"俄罗斯之部""德意志之部"等欧洲多国的短篇小说。而且几乎在每篇小说前，都有原作者小传。通过小传，大体能了解作者的生平和这部小说的写作背景，让读者能更好地理解小说。该书一经出版，影响很大，一时有"空谷足音"之誉，也给周瘦鹃带来很大的知名度。

关于周瘦鹃其他的原创文学，我们在《周瘦鹃自编精品集》（广陵书社2019年1月出版）的编后记里，曾经有过简略的介绍：

周瘦鹃的写作，一出手就确定了他的创作方

向，即适合市民大众阶层阅读的通俗文学。他发表的第一篇作品《落花怨》(1911年6月11日出版的《妇女时报》创刊号)，就带有浓郁的市井小说的味儿，而同年在著名的《小说月报》上连载的八幕话剧《爱之花》，同样走的是通俗文学的路子，迎合了早期上海市民大众的阅读"口感"，同时也形成了他一生的创作风格。继《爱之花》之后，他的创作成了"井喷"之势，创作、翻译同时并举，许多大小报刊上都有他的作品发表，一时成为上海市民文化阶层的"闻人"，受到几代读者的欢迎。纵观他的小说创作，著名学者范伯群先生给其大致分为"社会讽喻""爱国图强""言情婚姻"和"家庭伦理"四大类。"社会讽喻"类的代表作有《最后之铜元》《血》《十年守寡》《挑夫之肩》《对邻的小楼》《照相馆前的疯人》《烛影摇红》等，"爱国图强"类的代表作有《落花怨》《行再相见》《为国牺牲》《亡国奴家里的燕子》等，"言情婚姻"类的代表作有《真假爱情》《恨不相逢未嫁时》《此恨绵绵无绝期》《千钧一发》《良心》《留声

机片》《喜相逢》《两度火车中》《旧恨》《柳色黄》
《辛先生的心》等，"家庭伦理"类的代表作有《噫
之尾声》《珠珠日记》《试探》《九华帐里》《先父
的遗像》《大水中》等。他的这些成就的取得，不
仅在大众读者的心目中影响深远，也受到了鲁迅等
人的肯定。1936 年 10 月，鲁迅等人号召成立文艺
界抗日民族统一战线，周瘦鹃作为通俗文学的代
表，也被鲁迅列名参加。周瘦鹃在《一瓣心香拜鲁
迅》中还深情地说："抗日战争初起时，鲁迅先生
等发起文化工作者联合战线，共御外侮，曾派人来
要我签名参加，听说人选极严，而居然垂青于我。
鲁迅先生对我的看法的确很好，怎的不使我深深地
感激呢？"翻译和创作通俗小说而外，周瘦鹃还创
作了大量的散文小品。他的散文小品题材广泛，行
文驳杂，有花草树木、园艺盆景、编辑手记、序跋
题识、艺界交谊、影评戏评、时评杂感、书信日记
等，涉及社会生活的多个方面。此外，周瘦鹃还是
一位成就卓著的编辑出版家，前半生参与多家报
刊的创刊和编辑工作，著名的有《礼拜六》《紫罗

兰》《半月》《紫兰花片》《乐园日报》《良友》《自由谈》《春秋》《上海画报》《紫葡萄画报》等，有的是主编，有的是主持，有的是编辑，有的是特约撰述。据统计，在1925年到1926年的某一段时间内，他同时担任五种杂志的主编，成了名副其实的名编。另外，他还写作了大量的古典诗词，著名的有《记得词》一百首、《无题》前八首和《无题》后八首等。

周瘦鹃一生从事文艺活动，集创、编、译于一身。在创作方面，又以散文成就最大，其中的"花木小品""山水游记""民俗掌故"被范伯群称为"三绝"（见范伯群著《周瘦鹃论》）。而"三绝"之中，尤其对"花木小品"更是情有独钟，不仅写了大量的随笔小品，还成为闻名天下的盆景制作的实践者。据他在文章中透露，早20世纪20年代末期，他就在苏州王长河头买了一户人家的旧宅，扩展成了一个小型私家园林。从此苏州、上海两地，都成了他的活动基地，在上海编报刊、搞创作，在苏州制作盆栽、盆景。而早年在上海选购花木盆栽的有关书籍时，还曾巧遇过鲁迅。在《悼念鲁迅先生》一文中，他透露说："记得三十余年前的某一个春天，一抹斜阳黄澄澄地照着上海虹口施高塔路（即今之山阴路）口一家日本小书店，照在书店后半间一张矮矮的小圆桌上，照见桌旁藤靠椅上坐着一位须眉漆黑的中年人，他那瘦削的长方脸上，满带着一种刚毅而沉着的神情。他的近旁坐着一个日本人，堆着满面的笑正在说话。这书店是当时颇有名的内山书店，那日本人就是店主内山完造，而那位中年人呢，我一瞧就知道正是我所仰慕已久的鲁迅先生。"买有关盆栽的书而邂逅鲁迅先生，周瘦鹃自称是"三生有幸"，而此时，他还不知道鲁迅曾经大加赞赏过他的《欧美名家短篇小说丛刊》。鲁迅也偶尔玩过盆景的，他在散文集《朝花夕拾·小引》里，有这样一段话："广州的天气热得真早，夕阳从西窗射入，逼得人只能勉强穿一件单衣。书桌上的一盆'水横枝'，是我先前没有见过的：就是一段树，只要浸在水中，枝叶便青葱得可爱。看看绿叶，编编旧稿，总算也在做一点事。"这个"水横枝"，就是盆栽，清供之一种，如果当时周瘦鹃能够和鲁迅相认，或许也会讨论一下盆栽制作也未可知啊。

这次编辑出版《一生低首紫罗兰——周瘦鹃文集》文丛，是在《周瘦鹃自编精品集》的基础上，对周瘦鹃主要作品的又一次推介，或者说是一次延伸。文集中不仅收入了他很多的原创作品，如小说、随笔、小品、序跋、后记、编后记等等，也收入了他的翻译小说，即从他的那部影响深远的《欧美名家短篇小说丛刊》里，精选了部分篇什，分为《人生的片段》和《长相思》两册。周瘦鹃的其他原创作品，除《花花草草》之外，也精选了一部分代表作，编为六册，分别为《礼拜六的晚上》（散文随笔）、《落花怨》（短篇小说）、《女冠子》（短篇小说）、《喜相逢》（短篇小说）、《新秋海棠》（长篇小说）、《紫罗兰盒序跋文》等，这些作品和《花前琐记》《花前新记》等作品一起，代表了周瘦鹃一生中的主要创作成果。

由于水平有限，在选编过程中不免会有不妥或失当之处，敬请读者朋友们多多批评指正！

陈　武

2019 年 7 月 25 日高温于花果山下